U0533278

未
UnRead
—
生活家

[挪威] 奥勒·托斯滕森 著
王敏 译

EN
SNEKKERS
DAGBOK

DIARY
OF A
CARPENTER

Ole Thorstensen

我在挪威做木匠

目录

[1] 只有一个人的团队 __ 1
[2] 有新工作了 __ 5
[3] 阁楼里的秘密 __ 11
[4] 理解规划图 __ 14
[5] 实地勘察 __ 18

[6] 理论和实践 __ 26
[7] 处理遗留问题 __ 31
[8] 酒吧里的伙伴们 __ 38
[9] 招兵买马 __ 46
[10] 一份完美的招标文件 __ 51

[11] 屡败屡战的招标 __ 59
[12] 完善合同细节 __ 63
[13] 预算 __ 67

[14] 短假结束了 __ 70

[15] 谈判开始了 __ 73

[16] 文书工作 __ 80

[17] 受认可的承建商 __ 84

[18] 正式开工 __ 91

[19] 酒吧里的数学课 __ 99

[20] 电台时刻 __ 105

[21] 屋顶桁架完工了 __ 110

[22] 终于搞定了横梁 __ 114

[23] 好用的杠杆原理 __ 121

[24] 这边铲雪，那边拆除 __ 124

[25] 新的楼梯井 __ 127

[26] 非工作时间段的"非工作"话题 __ 131

[27] 初具模样了 __ 135

[28] 城市之光 __ 140

[29] 到底选镶木地板还是实木地板 __ 142

[30] 至关重要的防火设备 __ 146

[31] 一切都是为了防火 __ 150

[32] 咖啡店是最适合聊工作的地方 __ 154

[33] 知不足而奋进 __ 159

[34] 再仔细的木匠也会出岔子 __ 162

[35] 精工细作是必须的 __ 166

[36] 准备修建浴室 __ 170

[37] 处理各种琐事的一周 __ 175

[38] 品位问题 __ 178

[39] 砖瓦匠和木匠，到底谁更辛苦 __ 183

[40] 恐高的匠人 __ 186

[41] 给学徒一个实践的机会 __ 189

[42] 最后一次使用起重机 __ 193

[43] 抬重物的木匠也是雕刻家 __ 198

[44] 选择环境友好型建材 __ 202

[45] 要不要定制家具 __ 208

[46] 接下来的三大任务 __ 212

[47] 扫尾工作仿佛一场真正的入侵 __ 215

[48] 初夏的竣工大会 __ 220

术语表 __ 223

我有太多的人想要感谢，我不想遗漏任何一位。

托伦·博奇（Torunn Borge）已经离开了我们，请允许她来代表你们所有人。

[1]

只有一个人的团队

我是一个和木头打交道的人。以前,我是领照的合格学徒。现在,我是可靠的工匠师傅、手艺人,也就是大多数人所说的木匠。

当学徒时,我学的是这门手艺。后来出师后,作为一名老师傅,我要学的是如何打理生意。对我来说,手艺,也就是工作本身,要比经营管理更有意义。因此,我的学徒合格证书对我而言更重要。

这种需要技能的手工活儿没有任何神秘可言。我按订单完成工作,其内容取决于他人的要求和指令。

"承包商""企业家""生意人"——这些词可以用来描述我的行业。但我称自己是"木匠",并且我还经营着一家个人的木匠公司。

在建筑行业,通常是小型公司接小活儿,大型公司对小合约不感兴趣,他们忙着建造全新的住宅楼、医院、学校,有时也会承包幼儿园和商业楼宇的建设。

小的承包商忙于挨家挨户地去装修浴室、更换窗户、搭建车库。他们也会建造大量新房屋，以及屋外信箱的信箱板和信箱杆。挪威约有250万户住宅，大量住宅的维护和更新工作，是由这些小承包商完成的。

像我们这样的小承包商为数众多，到处都能找得到我们。我们是一群形形色色的手艺人。虽然都从事着同一个行业，但是工匠们会以各不相同的方式干活儿，这一点确实是工匠们的强项。我们有的人干活儿快，有的人干活儿慢；有的人手艺好，有的人手艺差；有的人总是阴沉着脸，有的人整天乐呵呵的；有的人收费低廉，有的人要价高昂；有的人诚实，有的人奸诈。以上这些描述都与这个行业、手艺和工作相关。

我住在奥斯陆（Oslo）的托耶恩区（Tøyen），工作地点多半是在城里，主要是在东区。有时我会跑到西区去揽活儿，最远到过奥斯陆以南的城市如希（Ski）和奥斯（Ås），以及奥斯陆以西的阿斯克（Asker）。我不是奥斯陆本地人，因此借由工作来逐渐熟悉这座城市。当我和别人在城市里散步时，我偶尔会停下脚步，指着某一处告诉同伴：我给这家换过一扇门；给那家改建过阁楼；为那户人家翻新过浴室。对于一个方向感不佳的人来说，这倒是一个了解一座城市的方便的方式，因为我从来不会忘记自己做过的活儿。

我没有雇员，也没有自己的办公室或经营场所。我的工具都放在家里的储藏室，和那些不能抵御霜冻、不能被放在室外的设备和材料放在一起，如胶水之类的东西。我把螺丝、钉子和其他各种东西放在阁楼里。我的工具就是我身体的延伸，妥善保管它们，是我对这份职业、这个工作，以及对自己的尊重。

我把那辆略显破旧的厢式货车，停在工作地点附近街上的空地。每天下班后，我会把所有的设备都搬回我的公寓里。随意地把工具放在显眼的地方不是个好主意。如果有人透过车窗偷窥我的车，他们会发现里面空空如也，便没有破窗而入的必要了。

我的公寓在三楼，所以我得把我的那些家伙扛上扛下，因此得精打细算每次工作所需的工具。现在我只把用得上的东西搬上车以节省时间，避免耗时耗力来回跑。

我家的客厅也是我的办公室。公寓不大，我把所有的文件都放在一个柜子里，眼不见为净。虽然行政工作是必须做的，但如果把家完全变成办公室的样子，实在太令人心烦了，就像长途跋涉结束后，我仍旧背着沉重的背包，无法真正休息。我从来没有到达一个可以休息一下的时段，让我可以回头看看自己走过的路、经过的风景。当我完成了真正的工作——盖完真实的建筑物之后，我便打开那个橱柜，拿出相关文件，启动电脑，支付增值税，写电子邮件，将文件归档，填写各种表格，计算投标价格。我花在处理文档工作上的时间，比我花在材料和工具上的时间要长得多。

我的公司只有我一个员工。个人的私生活和职场之间并无明确的界限。我必须实际接触那些工具和材料，也得处理劳动后的效益和成果。我和我的电钻、货车、正在铺设的地板、正在修建的房屋，还有我的收支清单，都牢牢地捆绑在一起。

有时我会感到难以承受，但这未必是一种单纯的负面感受。这让我强烈地感受到,这份工作不仅对那些请我翻修房屋的客户意义重大,对我而言也是如此。无论是从经济角度,还是从职业角度,我都是无遮无挡,暴露在风险里,不像大多数人在日常工作时受到理所当然的保护。

我以制造可被替换、会被销毁的暂时性物品为生,这也是我的工作内容之一。我们身边有许多事物是生活中必不可少的,但同时它们又无足轻重。这就是为什么我们可以在大教堂被烧毁时,轻松地说出"幸好没有人丧命"这样的话来。

目前我在卡积沙斯(Kjelsas)的工作快要完工了。在我的工作预约簿上,此后的三个星期都是空白页。我一直都是这样,出门干活儿的同时也留意着下一份工作。

[2]

有新工作了

我坐在客厅里，立体音箱中播放着牛心上尉（Captain Beefheart）的歌。这是一个寒冷又潮湿的 11 月的夜晚。昨天我在外面待到很晚，所以此时牛心上尉的歌声——"我整天四处奔忙，月光深陷双眸中"听来尤为顺耳。我正在仔细欣赏美妙的音乐，突然响起一阵电话铃声，打断了我的雅兴。是一个我不认识的来电号码。

"你好！"

"嗨，我叫约恩·彼得森，是海伦妮·卡尔森给我你的电话号码的。"

"啊，是托尔肖夫（Torshov）的海伦妮和小男孩儿们，这么说是有关房子的事吗？"

几年前，我帮海伦妮家改建过一间阁楼。那家人很和善，我当时干的活儿也挺有意思。海伦妮和她的丈夫一共有两个儿子,就像20世纪90年代风靡一时的法国情景剧《海伦妮和小男孩儿们》(*Helene and the Boys*)中一样,所以我喜欢这样称呼他们,他们大概也觉得这个称呼很有趣。但话一出口我才意识到,约恩·彼得森对此是一无所知的。

"是的,我们住在托尔肖夫,我们也打算改建阁楼,正在找靠谱的承包商。你知道,外面有大把压低工资的高产工人。"他的话音中似乎在暗示着什么。

"我们想找一个靠谱的工匠,所以海伦妮向我们强烈推荐了你,他们对你的工作特别满意……"

彼得森给我简单介绍了一下海伦妮一家是如何利用他们的阁楼,以及他们也希望进行类似的改建。他们居住的大楼的住房合作社委员会(Housing Cooperative),终于同意他们将阁楼的一部分改造成生活空间。在这样一个住房所有权体系中,搞定这些并不容易,人们会对这样的变化心存警惕,认为这是毫无必要的。不过现在他们终于买下了这块土地,并准备将它改头换面。

"我能问你几个问题吗?阁楼是否和你目前居住的公寓直接相连?"

"是的,客厅里有一段楼梯通向阁楼。就是说,我们已经打掉了一面墙,所以现在我们家是开放式格局,客厅和厨房连在一起。"

"你们画好图纸了吗?获得建筑规划许可了吗?建筑工程师的报告完成了吗?"

彼得森告诉我,他们已经做好规划了,工程师也已经提供了施工说明书和详细图纸。他们已申请了建筑许可，预计很快就会获得批准。我告诉他，如果我接下这份工作，我会亲自监工完成所有的木工活儿。我发出去的分包都是和我合作多年的伙伴。不同承包商之间的区别很大：有的人有自己的工人，有的人会把工作外包给别人。也就是说，一种是工匠，另一种是招聘代理人或工匠批发商，这两者存在很大的区别。

随后我发现这项工作是公开招标的，我将和另外两家公司竞争上岗。这样的招标数不错，如果有五家的话，我就不参与投标了，因为中选的可能性太小了。

对彼得森来说，他得从一群竞选者中挑出一个承包商。但最优秀的承包商，也许根本就不在这份候选名单中。因为我不是唯一会这么想的人，而这跟我是不是一个优秀的承包商也没有关系。优秀的承包商懂得审时度势，并借此评估客户。那些将备选报价单控制在三份之内的客户会更有机会获得高质量的服务。因为招标数过多、咨询多家报价的客户，会吓退经验丰富的工匠。

招标的办法之一就是去走访十家公司。客户可以查阅各家公司的参考项目清单、财务状况，以及他们希望了解的一切，然后再请他们中意的公司花点时间计算报价。提供参考项目清单并不麻烦，但准备报价单却要花不少时间。

如果我是根据上述资料受邀参加招标的三家公司之一，那我会很高兴，因为我很有可能会中标。我为海伦妮一家所做的工程，就是一个很好的参考。他们也仅邀请了少数公司投标。

我在交谈中了解到，彼得森在挪威国家铁路公司（Norwegian State

7

Railways）上班。他说自己是做行政工作的，他的妻子卡里在当地政府的文化部门上班。他隐约提到，他们都没有什么改建阁楼的经验，对这样的建筑工程知之甚少。所以很明显，他们将非常依赖专业的得标者。

这对夫妻有两个男孩，他们需要更多空间。一开始他们想四处找找，换个地方生活，但翻新房屋的机会出现后，他们便赶紧把握住。他们喜欢目前的公寓大楼，也喜欢托尔肖夫这一带，所以决定改建阁楼。

到目前为止，他们已经陆续和住房合作社的人，还有建筑师沟通过，并通过建筑师联系上了工程师和住房规划办公室的人。从理论上来说，阁楼改建和日常工作中遇到的问题大同小异，对他们而言比较容易理解。但现在必须完成的实际建筑工作，却没有那么容易理解。迄今为止，彼得森处理改建的行政公文已经一年多了，显然有点不耐烦，他迫切地想要往前推进。这意味着我得小心一点，不要再给他增加麻烦，并且还要帮他添砖加瓦，助他一臂之力。或者，对我来说，就是给他多装上一些 2 厘米 × 4 厘米的木板。

文书工作的优点就在于可以改进，只要没有付诸实践，文书的意义微乎其微。但是，我不能把已经写在纸上的东西当成和现实无关的。我可不能仅仅为了验证是否行得通，就按照图纸匆匆施工，然后再把已经建好的东西拆毁，重起炉灶。如果顾客愿意付钱，我当然也可以这样做，不过这样的事不太可能发生。

我要在脑海里把纸上的理论转换成最终成品的一张张图片。我要计算出，一共需要多少个钉子、每种材料的长度，还会计算工时。我在脑海中像过电影一样，想象自己施工的过程。那些图纸和技术规格书就是我的剧本。客户们最关心的是结果，最在乎的是承包商宣告完工时，他们所看到的最终成果。但从某种程度上来说，客户相对更容易理解纸上的描述说明。

等工程完成后，那些图纸和技术规格书便被我抛诸脑后，再也无关紧要了。它们连接着阁楼的过去和现在。

我忙着筹划要做什么、该怎么做，而通常客户、建筑师、工程师都以为我做的事是轻而易举的。这种关注点上的分歧往往会造成建筑师、工程师和工匠之间的误解和距离。

我想，大多数工匠会这样希望：建筑师能亲临现场，我们渴望和他们直接交流，一起找到最符合客户利益的方案。

但大多数情况下，建筑师很少亲自去施工现场。而且，他们在进行测算之前，也绝不会"大驾光临"。有时我会想方设法地哄骗他们离开办公室。幸运的是，每次找来建筑师后，我们总能更完美地解决掉那些突然冒出来的问题，通常比他们不到现场时取得更佳的效果，更省钱，使得改建后的阁楼更适宜居住。

在我从业的25年，建筑行业的学院派和实干派工匠之间的合作关系一直在不断恶化。建筑业更倾向学院派了。与此同时，工匠们积极运用他们的专业技能来影响施工过程的习惯已日渐式微。以前，这是一个项目的自然组成部分。但后来，随着工匠们那些颇有见地的观点不再受到重视，他们的想法和反思也就越来越少了。

当你不曾学会更重视合作的工作方式时，你就永远不知道你错失了什么。我认为，许多建筑师和工程师的内心都希望建筑业的文化环境有所改变,他们期盼更多的合作。而在目前这样太过强化自我的状态下,他们只能不断地进行自我提升。其实,这一行中的所有人都是如此。我们都已习惯了各自为政的工作方式,觉得这是理所当然。

但目前并没有根据一定的行业标准建立相应的基本规则。这意味着,每个工匠在和所有相关人员打交道时都得学聪明一点,包括客户、建筑师和工程师。用"一枚硬币的两面"来形容现状,实在是太贴切了。

[3]

阁楼里的秘密

我喜欢改建阁楼。

我喜欢与改建阁楼相关的一切,包括支撑结构、消防安全、装修建材、与客户联系、工作氛围,等等。我喜欢自己所做的即时决定兼具长期考量,这是一项能看到明显成果的工作。我能让有年代感的老旧建筑,在一双巧手之下变得焕然一新。

我会把这样的旧屋改造工程想象成是我接手了别人130年前的工作,并继续将它完成。就像这个建筑工程在经过漫长的间歇期后又再次启动了,但这仍然是一个连贯的施工过程。以前,一个用来干燥物品的阁楼空间很重要,但现在已经不再具备此项功能,它现在的功能是储藏。现在人们需要储存的东西真的很多。在这样的阁楼里,我可以找到130年间的种种活动痕迹。施工期间,我与这间阁楼的"过往"

亲密接触，看到它的水渍、晒衣绳、旧电线、通风道，或许还有石棉，它们无一不在诉说着这间阁楼的历史。

彼得森目前居住的这栋公寓位于赫格尔曼斯门（Hegermanns gate），约建于1890年。在20世纪初，许多这样的大楼都安装了电气设施，并通上了电。我偶尔也会发现第一套电气系统的残余线路，虽未接上电，但也没有拆除，用瓷绝缘体支撑的黑色电线，在瓷柱、瓷管之间蜿蜒。如果通风管周围裹着石棉防火布，那很可能是1930年前后的工程。

这些老建筑的墙壁上和阁楼中遗留的报纸，多多少少会透露出当年主人的信息。1930年，个人通常会选择与其政治观点相符的报纸。如果你发现了《晚邮报》（Aftenposten）和保守的行业刊物，那么这间阁楼的主人不太可能是一位工党选民。而《国家报》（Nationen）很可能属于某个从外省搬来都市居住的人。《工人日报》（Arbeiderbladet）是我在城市东区常见到的报纸。

我有一份1945年5月吉斯林政党（Quisling's party）的《自由人民报》（Fritt Folk），里面报道了德国的防御性胜利。这份报纸是我在福格茨门（Vogts gate）的一间阁楼中发现的。不知这间屋子的原主人为何一直收藏着这份报纸，是因为和我一样对历史充满着强烈的好奇心，还是和他们的政治立场有关呢？

老阁楼的屋顶构造都做得十分扎实，优雅而精准。各个区域都有明确的功能，既体现了严谨的逻辑，也展现了漂亮的工艺。以前工匠们在建造阁楼时，以沉重的木材框架为主，和公寓的其他区域一样。在这样一些木材框架上蚀刻文字和罗马数字，就像实物大小的模型套件一样。这是一种早期的预制工艺，显示施工者没有浪费时间，这是优良工艺的一大特色，这点至今没有改变。

他们先绘制出施工图，然后在能够高效工作的地方分别制作单个部件，然后在施工现场迅速安装。施工很简单，但要求木匠有精湛的工艺，现在只有少数木匠能达到这样的水准。而我会凭着自己掌握的知识，根据时下流行的方式，针对当代人的需求打造房子。

[4]

理解规划图

彼得森把建筑师的规划图、工程师的施工图纸和施工说明书一并交给了我,并附上一份对项目的简要说明。我将基于这些材料,开出一个100多万挪威克朗[1]的报价。等阁楼改建完毕,彼得森一家会发现,建成的阁楼和施工图中一模一样,只是大了50倍而已。就像我小时候做的飞机模型。而区别是,这次模型的主人才是重中之重。此外,和飞机模型不同,阁楼的各个部分并不完整也没有编号。

我看着这些规划图和施工图,知道得花点时间才能消化它们。还有,我得去实地考察一下,和客户当面聊一聊,争取全面了解他们的想法,还有他们究竟想要什么。每位工程师的施工图都是有其设计理

---

[1] 挪威克朗(Krone)是挪威王国的货币名称,由挪威银行发行。(如无其他说明,均为编者注。)

念的。有的是根据建筑物的实际情况而做出的，有的则是反映了客户的需要和理念。我用了"理念"这个词来形容，是因为规划图所体现的东西也许和客户的初衷相去甚远，而最终的成品甚至更为偏离。我能理解这一点，因为我自己也需要时间才能透彻理解这些规划图和施工图，以及这些草图背后的理念。如果我能清晰地理解草图背后的建造理由，那么我工作起来就会容易得多。

根据规划图，要改造的阁楼部分，是略大于60平方米的楼层空间。这个区域包括一间卧室、一间客厅和一间浴室。现存的楼梯井将通过屋顶下的夹层成为房间的一部分。如果发生火灾，楼梯井的门就是逃生通道。阁楼将通过一节全新的半旋转楼梯与下面的公寓相连。阁楼选用实木地板，而非镶木地板。我觉得把钱花在地板上是明智之举，这样地板能经久耐用，而且外观也漂亮很多。对我来说，偶尔有机会铺设实木地板感觉挺不错的。

我试着领会这些图纸，仿佛阁楼已如图纸所示搭建完毕，仿佛我就站在八个月后耗资百万克朗的阁楼里。这必须花点时间。但我明白，多做一些准备，充分理解这些图纸，绝对不是浪费时间。

有时我会逼问客户各种问题，几乎到了惹火他们的程度。我会问他们为什么要这样布局，虽然我能看出来。但到底原因何在？我会请他们做出解释，引导他们将头脑中的想法转化成文字，然后等待这些问题发酵，大约一个星期之后，再把同样的问题重新提出来，从客户那里得到更理想的答案。我这样做是为了自己，为了让自己理解它；也是为了让客户们明白，我们这样做或那样做，结果会有什么不同。我们必须对布局的理解达成一致。

客户知道他们是埋单的一方，这一事实不应被低估。也不可忽视客户的性格和我自己的性格。

有的客户喜欢掌控一切。如果遇上这种客户，我会在表达自己的想法和见解时强悍一点。还有的客户乐于让别人做出大部分决定。

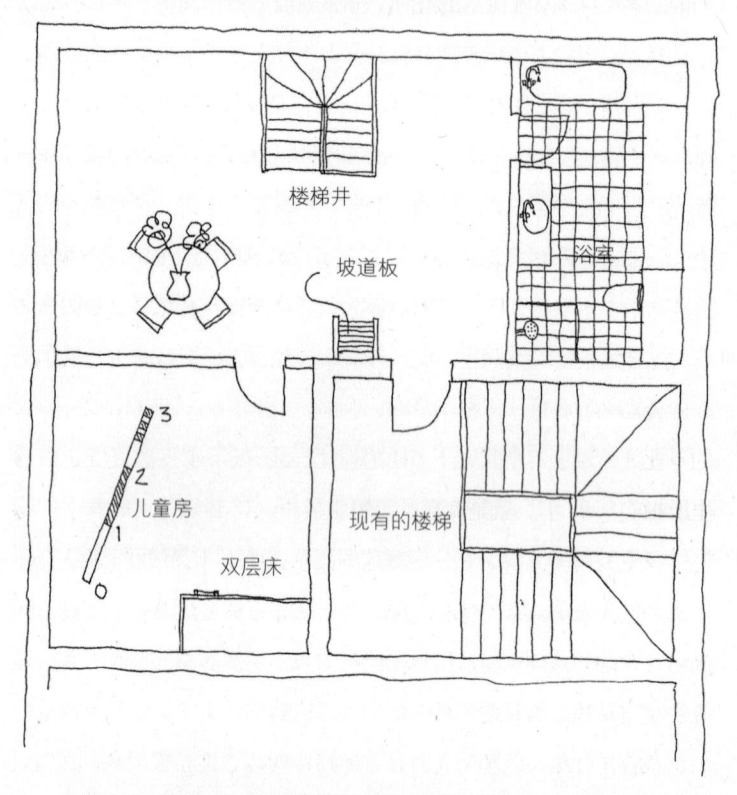

[平面图：楼梯井、坡道板、浴室、儿童房、双层床、现有的楼梯]

有的客户会说，你觉得怎样好就怎样做。他们对你相当信任，但与此同时，他们也有可能是最难搞定的客户，因为他们往往难以做出决定。这时，我就必须得让他们明白，我只是为他们施工的，他们需要自己做出选择。如果我们彼此有误解，结果一定是双方都不满意，所以不管他们是什么类型的客户，我都该竭力避免这种情况发生。

钱的问题很重要，开销成本不能超过客户能够支付或愿意支付的金额。虽然不同的施工方案价格其实都差不多，但对客户而言，不同的方案意味着他们是否做出了正确的选择。

然而，几乎所有计划改建房屋的房主，都会考虑房地产经纪人的意见。即便他们将来打算长住，在改建房屋时，还是会从有利于房屋买卖的角度来考虑布局。再加上目前市场上充斥着大量的室内设计杂志，以至于多数住房显得千篇一律。比如，在房屋外墙上刷上深浅不一的白色、灰色和浅蓝色，就是现在流行的时尚。受到这些不成文规定的影响，现在的某些浴室看上去颇似屠宰场中那些用瓦管排水的房间；而厨房几乎都是由宜家（Ikea）或诺尔玛（Norema）等类似的家居公司的"顾问"一手包办的。我所谓的家居顾问，并非某一领域的专业人士，如一个眼光不俗的建筑师，或一个技艺精湛的工匠。这里所指的"顾问"，就是商店里的销售员。

我手头的施工说明书和施工范围确认书似乎不太详细。我有几个问题想问建筑师。我想知道，他是否打算做一份更详细的方案。此外，我对房屋的承重结构也有疑虑。图纸中没有提到砖墙该如何处理，以及浴室里该用什么样的瓷砖。

我打电话给建筑师克里斯蒂安·赫洛夫森，他似乎对我的那些疑问不屑一顾。因此，我只能根据手头的文件和方案自己想办法。

[5]

实地勘察

星期四的晚上,我来到托尔肖夫,站在赫格尔曼斯门的那幢公寓大楼外。我从马路对面观察着这栋大楼。灰色的外墙很简朴,没有太多人工装饰的痕迹。我很喜欢。很多人喜欢粉刷外墙,在窗户四周采用裱花装饰,但我觉得简朴的外观就很美。可以想象,这栋楼房和所有建于 1890 年前后的房屋一样,也有过辉煌华丽的往昔。他们按米购买装饰材料,然后像我安装踢脚板和门窗镶边一样,一块一块地装裱上去。现在房屋的外观很可能是 20 世纪 50 年代翻新的结果,和之前的外观一样,它也构成了房屋历史的一部分。

街面很宽,我可以把车停在街面上。我的机动式起重机和装载车都有地方停了。大楼的入口正对着街面,而不像通常那样,有一个通向大楼后面,然后从大楼后面通往公寓的隐蔽入口。入口通往一个院落，但车辆并不能入内。但如果街面上暂时没有停车位，这里也能派上用场。

我一边上楼梯，一边开始进行初步考察。到处都有重要的信息等着我去发现。楼梯井的可用空间非常重要，因为这关系到运送物料的难易程度。有搬运木板的足够空间吗？能不能将较长的材料从楼梯中间的扶手之间递送上去？墙壁是否最近粉刷过？如果是，那么搬货时就得特别留心墙壁。

施工说明书中没有提到公寓入口和楼梯中的防火设施。为了遵守整个楼梯井区域的安全防火规定，在改建阁楼时必须采取一些额外的措施。为了遵守防火规定，通往地下室的门，以及各个公寓的大门，全都已经替换过了。从地下室往上也都铺上了必要的石膏板。毫无疑问，这里的人们已经考虑到了消防问题，在这些地区没有任何关于防火的参考资料，这并非因为对具体条款的忽略。

彼得森和我打招呼，把我介绍给卡里。孩子们今天晚上被送去爷爷家了。这是我们第一次见面，也许也是最后一次。他们想见见我，看我行不行。我们相互打量着彼此，他俩似乎挺和蔼的。我们围坐在餐桌前研究规划图，简单地讨论了一下这个项目。我不时提出几个细节问题，以便暗示他们，我已经了解了这个施工内容，并且还能让他们觉得我对这个项目很感兴趣，我的确有兴趣。充分了解这个项目固然很重要，但这耗时太久。目前对我来说最重要的是，取得第一印象分。这是第一个回合，如果我想得到这个项目，那么第一次见面必须顺利。就凭双方隔着桌子交流得顺畅与否就能看出，日后双方是否能顺利合作。了解双方是否合得来，这点很重要。

我已经和彼得森聊过好几次，现在又见到了卡里。他俩构成了我脑海中的"彼得森一家"。我们走上阁楼，那里光线很暗。我打开了LED头灯以便看清那些角落。我把苹果电脑放在一个凳子上，然后，我把他们提供给我的信息，以及他们的回答都写了下来。我还一一记录下那些注意事项。

冬天并不适合进行实地考察。很多你希望能一目了然的特征，被暗淡的光线和厚厚的积雪给掩盖了。尽管如此，冬天仍然充满魅力，你能听到各种模糊不清的声响，看到群星在夜空中闪烁。即便是在城市里也是一样。

我从旧天窗中探出脑袋，环顾四周，看到了一个个烟囱、通风口和无数个屋顶。四下一片漆黑，我恍若置身于《钟楼怪人》(The Hunchback of Notre Dame) 的场景中。仿佛有一把巨斧将烟囱劈成了两半，然后两个烟囱又分别被竖了起来，并在它们之间特意保留着一点距离。一钩新月就这样出现在它们俩之间。积雪很厚，导致我无法看清防雨板的情况，还有防雨板和石板瓦衔接处的情况。

屋顶在8年前替换过，应该没有什么问题。烟囱也检修过，保养得也不错。从建筑角度来看，阁楼与奥斯陆19世纪末的其他顶层空间相似。这里很大、很宽敞，从地面到屋脊有五六米高，有各种系梁、连系材和支柱。它们占据了大量空间，而且非常挡道，但不少人觉得这些东西很美观。也许这是乡村浪漫主义的城市变体。这个阁楼的屋面坡度很陡，支撑墙很高，因此非常适合改建。改建之后，天花板下将有非常宽敞的空间。楼梯井就像阁楼中一个竖立着的立方体，翻新后仍将保留，并将在上面建个夹层。在这个立方体周围还要搭建防火墙。

那些木结构的储藏室简朴、通风。它们的历史可以追溯到整座大楼刚刚落成的时候。未来，有的储藏室将从阁楼生活区移出，移到仍然是干燥室的区域。尽管这个区域被保留下来的部分会很少，但仍然有足够的空间做储藏室。

电线、电话线和电视线乱成了一团，需要重新布线。该重装的重装，该移到别处的就移到别处，而且有很多线可以拆掉。一般来说，电视和电话问题需要尽早处理，因为我们很难控制这些问题，并且需要花费不少时间。切断人们和外部世界的所有联系可不是小事一桩，不能掉以轻心。谁都不想给邻居带来这样的不便，惹恼他们。那样他们很快就会把你当成甲壳虫，或诸如此类的害虫，因为你已经制造了大量的噪声和烟尘。而且，说不定这栋大楼已经历了多次改建和翻新，现在又有工匠要来改建阁楼，其他住户一定非常厌恶这样乱哄哄的吵闹环境。任凭是谁都难以忍受看着自己生活的家园，一次次沦为建筑工地。

我将那些还没有和彼得森一家商议的事项也都做了笔记。尽管让他们早点儿注意到这些问题是好的，但现在说这些还为时过早。比如：两段用石棉隔离的通风管需要处理；需要用新管重修通风管道，而新的通风管道需要穿过屋顶，然后封上盖子；另外，有一根污水管需要更换，或移到其他更适合的位置；两个油烟顶盖需要移位；屋顶下方的一个砖砌的通风管道部分已被拆毁，但顶部却没有密封。我不知道当时施工的人是怎么想的，这样做极易走火，因为火势会顺着砖砌的通风井一路蔓延到阁楼中，浓烟也会一路通到公寓里。通风井需要通过绝缘的通风管道通过屋顶。

彼得森夫妇说过，他们希望能在保证质量的同时避免产生额外的支出，并且希望能够尽早地了解各项支出。目前，我所列的物料清单并不长，跟高昂的项目总费用相比，额外项目所需的费用简直不值一提。有几处开销工程师并没有在施工说明书中详细列出。他为什么没有这么做呢？也许是因为列出额外开销的做法并不常见，好像这些开销和你有关似的，所以他们还不如假装不知道，把这事丢给别人。

这俨然已经成为工作方式，甚至是一种文化：坏事不看，坏事不听。如果无法做到不看或不听，那么只有最后一种可能性：坏事不说。

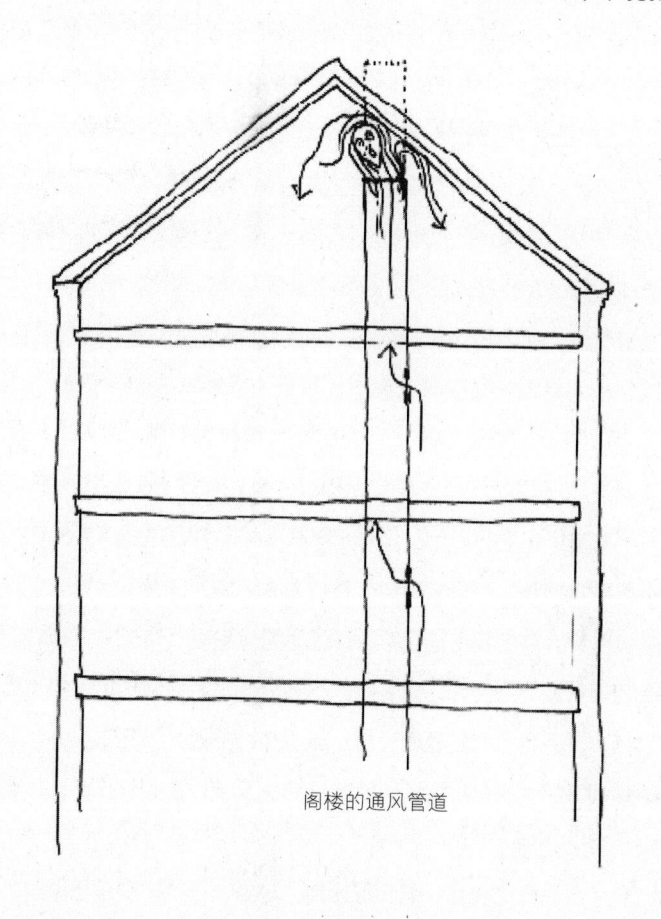

阁楼的通风管道

本来在施工过程中出现各种问题和难点是很正常的，但由于他们这样的做法，那些本身就存在的问题就会被搁置一旁，直到避无可避之时才浮出水面。通常只有在施工开始时才会出现这种情况。所以，这些问题和难点就落到工匠们的身上，于是工匠们不得不去通知顾客。如此一来，客户就很容易把工匠当成制造麻烦的人。

我情愿坦率一点、真诚一点，知无不言，言无不尽——无论是好消息还是坏消息。我希望能让他们尽早了解这些事情，但我现在没法告诉他们，因为那样会降低我中标的成功率，所以我得再等等。

我应该克制一下自己的工作热情，但仍旧抑制不住地仔细琢磨着，脑海中一遍遍地"过电影"，很快，整个工程变得明朗起来。我想通过新旧结合的方式将椽子和天花板横梁安装到位，然后再用石膏板覆盖它们。在今后的50年或100年中，再也没人会看到这些椽子和天花板了。跟我类似的人说不定也是一天到晚头脑中都在"过电影"。我未来的同事应该在很多方面都和我颇为相似，但在这一点上一定和我不一样。既然与我素不相识，他们肯定会担心我的施工质量。要知道，在进行拆除工作时，原来工程的质量是显而易见的。我的手艺非常细致，在将来的某个时刻，能够发现并愿意看到这点的人一定能看到。目前我也是这样看待这间阁楼和它当初的施工者的。我本来想告诉彼得森夫妇，如果他们能够信任我，允许我帮他们改建阁楼的话，我一定不会让他们失望。但这样行不通。得等建筑师、工程师、规划署的办事员忙完后，才能轮到我上场，在某种程度上，他们的级别都比我高。

我可以为自己代言，但我得谨慎、谦虚，选择一种近乎谦卑的态度。因为无论从实际情况来看，还是从人们的心理预期和社会办事方式来说，这才是正常的秩序。在我按照图纸施工、改建阁楼的那段时间内，建筑师也许已经完成了二三十份这样的图纸，而结构工程师也许已经完成了对百余间阁楼的核算。

  我觉得，对于这样一个项目，我付出的心力远远超过他们。我会这样想并非纯粹基于我所消耗的时间，也包括用心程度。因为我和不少建筑师、工程师合作过许多类似的项目，这是我的切身体会。

  对我而言，这份工作的报酬几乎等于我半年的收入。在此期间，我会因努力工作而大汗淋漓、满身泥水，也有可能会割伤手指或冻坏自己。如果我中标，那么这份工作将成为我那段特定的岁月中最重要的人生印记。

  我希望别人能根据我的职业来评价我，就好像这个职业本身就是一个人一样。因此，我认为有能力的工匠在未来的某一天评价我的作品质量，是非常个人的想法。我想，100多年前的许多建筑者也有同样的想法。在我心中，他们都是我的同事，甚至朋友。

[6]

理论和实践

我在卡积沙斯（Kjelsas）的斯里乌斯维恩（Siriusveien）的工作如期进行着。我换下了几扇窗户、铺好了地板、干了一些其他的零活儿。在这个季节，房屋的主人并不使用户外区域，而且他们人挺好的，他们允许我将剩下的工作推后几天。这样，我就有时间计算彼得森家阁楼改建的报价了。

这次现场勘察进行得不错，我检查到了一切该注意的地方。我还调整了自己的视角，试图让图纸和我眼前所见的实物更加一致。有时我只需看一眼施工现场就知道二次造访是不可避免的了。我得再来一趟才能把一切都尽收眼底。要想在这样规模的项目中中标，你就必须对工程有个全面的了解，并且对自己有足够的信心，这是非常关键的。这个项目的总费用会超过100万挪威克朗，单单木工项目就需要600~700个工时。如果我计算失误，开价过低，那么我自己的成本就会变得很高。如果我开价过高,那么我就不可能揽到这个活儿。

建筑师已经详细描述了工程内容,并预估了这个项目主体部分所需的建材数量。但这份资料缺乏细节,如从这段就能看出:"墙面和天花板抹灰泥、上底漆、涂两层涂料,实木地板清洁并上油。两扇78厘米×160厘米的威卢克斯(Velux)天窗,两扇55厘米×78厘米的威卢克斯天窗。玻璃窗衬石膏板,浴室内部装饰采用宜家产品。"诸如此类。图纸和施工说明书都语焉不详,如果依样画葫芦,很可能会出问题。

我可以现在就提及需要额外施工的内容,并说明这些内容是施工说明书中没有的,因此不包括在报价中。我也可以不提醒他们,不拿出这份清单,不过这样做似乎有点阴险。

无论如何,我都必须详细说明我的报价包括哪些内容,但我也不能过于细致。如果我为此花费了太多时间,我也将面临风险——我有可能是在白白给他人提供免费咨询。我有过许多次这样的教训——我的报价和细节描述被转交给接到那份工作的其他公司。

对于这样一个有四位承包商参与投标的项目,每个承包商在中标前都已经花费了大量时间。如果我们来粗略地计算一下,就能更清晰地说明这一点。

假设四位承包商分别用了4天时间(总共是16个工作日)计算报价。这四位主承包商得从他们的分包商那里获得报价。假设他们各自有五个分包商,每个分包商承担下列工程之一:泥瓦、电气、采暖通风和空调、管道、粉刷和装饰工程。

如果四个主承包商每人都有五个分包商,那么一共有20个分包商。再如,每个分包商花一天时间准备投标,包括现场勘测在内,那么一共就需要20天。五个主承包商所需的工作日共计16天，二级分销商则需要20个工作日。因此，在施工图纸和说明书都已经做得很完善的前提下，像这样的一个项目，需要36个工作日的时间来准备竞标。

如果1个工作日按照8小时来计算，那么总共需要288个小时。如果将288个小时乘以每小时500克朗的计时工资，那么税前的招标成本总计达到14.4万挪威克朗。

当有四家公司参与竞争时，那么中标的概率是25%，正常情况下，你平均得参加四次这样的招标才能中一次标。

为了得到这样一份工作得耗费14.4万挪威克朗，或者288个工时。为此要付出的劳动还真不少。

招标图纸和施工说明书是最基本的，因为它们列出了工作内容。正如人们所说，文字是基础。建筑师和工程师提供了这些文件，而我根据这些文件做出预算。从表面上看，似乎他们的工作比工匠的工作更重要，更有难度。如果工头觉得缺乏相关描述，那么他就难以给出合适的报价，并避免和客户发生冲突或矛盾。

有时，当麻烦出现时，建筑师便会退到一旁，他们希望客户和工头自行解决问题。也许在客户看来，建筑师的方案设计得更加合理。或许在纸上看着不错，但如果缺乏具体描述，那么实际操作起来会很昂贵，会出现客户预算之外费用，甚至会出现愚蠢的错误或缺陷。

建筑师和工程师越来越不重视实用性，不重视和工匠交流的价值。比如，在实际施工方面，工匠会给他们带来更多启发。但其实这些建筑师和工程师的职业经验在萎缩。

无论这是否出自建筑师或工程师的初衷，由此造成的影响都是相当大的。我认为，这是他们职业生涯的重大问题，但他们却能丝毫不受任何影响，就因为他们比工匠拥有更高的威望。当然，如此断言很难得到他们的认可，但我认为，很多建筑行业中的实际施工人员都会同意我上面的观点。

在一个理论变得越来越重要的社会中，的确会出现理论概念比实际操作更重要的判断。理论概念是干干净净的，而实际操作是肮脏和不精确的。理论往往是完美无瑕的，直到你试图将理论付诸实践时才会出现种种问题。而人为的错误和建材的缺陷会让问题雪上加霜。图纸出错的可能性非常低，毕竟那只不过是一些线条：干净、简约、无可挑剔。可实际施工几乎与之完全相反。

说起来很奇怪，每次我投标时都会想到这些事情。虽然我宁愿只考虑具体施工时要做的事，但现实却让我不得不成为心理学家、社会学家、人类学家和历史学家，此外还得做好我自己：一个对微观经济学和法律有些许了解的工匠。

粗略简单的招标文件也会导致顾客将不同承包商相互比较，仿佛拿苹果和梨相提并论。不同的承包商有不同的思考方式，因此他们对工程描述的理解也是不同的。说不定我的一位竞争对手对项目的解读没有我细致深入，但他仍然中标而我却出局了。事实证明我是对的并不会给我带来利益，所以如果这份工作最终产生更多的额外开支，由此导致客户和我的竞争对手发生冲突，也不能给我带来什么安慰。

熟练的承包商和提供低价的公司一起竞争，低价是那些公司争取到项目的唯一途径。财务问题往往是比较的最终依据，其重要性超过了专业技能和工作质量等衡量因素。这样的低价竞争给建筑市场的运作带来了重大影响。

在每一个工作年度中，承包商们都会交换许多故事，如新建的浴室不得不拆除、大规模的拆卸和重建等。还有一个常见的事是业主会让承包商再去他家重新评估项目，但问题在于，那个项目是其竞争对手做的，而且已经完工。业主会问他们是否能重新装修。重修别人已经完成的工程，可不是什么有趣的事。如果糟糕到需要彻底重装整个浴室，那会更令人难受。我听到最多的事情是：某个木匠同行擅自拆除了房屋的重要构件，结果损坏了房屋的承重结构，留下了安全隐患。

纠正自己的错误是理所应当的，我希望那些都是小错误。但是，如果你接到一个你无法保证施工质量的工作，那就是在砸自己的饭碗。学徒时期，每当我做了蠢事，我的老板总是叫我放轻松。而在一切都顺风顺水时，他反而会比我搞砸的时候更加严厉。随着时间的流逝，我明白了他的意思：做得不好就要承担责任，做得好就能期待表扬。寻求帮助并不丢脸，关键是把事情做好。承认错误难免会让自己觉得羞耻，但改正错误也是我们工作的一部分，并能收到很好的成效。有时我会缺乏耐心，一旦发生了我不喜欢的事情，我就会大为光火。在那样的时刻，我需要冷静下来，并向别人道歉。我的前老板言传身教，给我做了榜样，让我明白该如何做事。我一直记得他说的话，并且还常常套用他的理论。尽管我未必能时时恪守自己的原则，但这并不能说明那些原则是错误的。

我的前老板常说，既然错了，就该道歉。因此，当我意识到自己的某一行为不妥时，我会立即道歉。如有必要，我会竭力补救我犯下的错误，只要我能发现这些错误。

[7]

处理遗留问题

项目简介中有一个大漏洞。我第一次浏览那个站点时并没有发现这个漏洞。平面图展示了一个漂亮的浴室：一面长长的墙壁前安装一个长条工作台面，对面墙前安装一个水槽柜。浴室一端是淋浴器和抽水马桶，另一端是一个浴缸。

如果建筑师考虑到支撑屋顶椽子的支柱和纽带，那这将是一个很完美的浴室。这个阁楼和其他同类的阁楼大同小异，那些构件的存在都是有原因的。它们起着支撑屋顶的作用，但如果要给浴缸留下位置，那么这些构件就必须拆除。

如果要改变格局，就得加固屋顶。鉴于现在我们已经计划采取顶楼隔热措施，通过阁楼散发的热量会少得多。这意味着，屋顶积雪的融化时间会更长，阁楼需要承受多余重量的时间也会更长。在重建阁楼时，应符合当代的承重标准，而现在的标准比过去严格多了。

工程师已经考虑到了这点，也附上了加固屋顶所需的工程和费用，但具体所需还取决于保留下来的承重物的多寡。按照现在这种情况来看，几乎可以肯定彼得森夫妇或他们的孩子得躺在一根横梁下面沐浴，毫无疑问，他们一定会抱怨的。这样是挺不方便的，但至少在浴室的另一头，他们不需要坐在一根横梁上面上厕所。

建筑师和工程师都没有想到这个问题。需要新的支撑结构解决方案，工程师得返工。

支撑结构的原理很简单：一切必须依赖地面承重。牛顿的苹果是万有引力的第一课。建造阁楼并不像在哈当厄尔峡湾（Hardangerfjord）上建一座新的桥梁那么复杂，但也没有一眼看去那么简单。现在的问题是，如何在兼顾成本、美观度、施工便捷度的同时找到一个合理的解决方案。

首先，我得找到解决之道，然后再解释问题出在哪儿。这样做的话，我就能给彼得森一家留下一个好印象，让他们在考虑请承包商时会优先考虑到我。

我思索了一番，想到了一个简单的解决办法。无论我是否能够接到这个项目，我都希望他们能用这个办法，因为它真的太简单了。

我画了一张草图，打电话给约恩·彼得森，告诉他目前存在这个问题。在彼得森为此沮丧郁闷了一天，并和建筑师通完电话后，我再次联系了他。我告诉他，我有一个主意，但还得花点时间才能画出草图。虽然事实上我早已画好草图了，但我想让他们知道，我为此耗费了不少工夫。我问他是否愿意把这个项目交给我做，接着又问他，是否愿意让我和建筑师、工程师谈一谈。如果他愿意的话，能否先给他们通个电话，好让他们知道稍后我会跟他们联络。

"当然了，好的，好的，谢谢你。"

接着，他们问起了费用。

"呃……这个得付多少钱？"

"是免费的，"我说，"就当是我的免费服务好了。我需要这个工作，我希望这样做对我有帮助。"

我是这样说的，也是这样想的。但我仍然觉得，我把自己贱卖了，就算我高昂着头，仍然卑躬屈膝。我早就得到过教训了——你得把自己当成一件商品，你得学会自我推销。我以前不会这么算计，或者也可以说没有这样狡猾。这样做我自己也觉得不舒服。但如果你上过几次当，被愚弄过几回之后，你就能理解。我也渐渐学"乖"了。

彼得森已经和建筑师通过话了，现在该轮到我了。这位建筑师名叫克里斯蒂安·赫洛夫森，是一家小公司的合伙人。在参加这个项目的竞标之前，我没听说过他的名字，但是我在网上搜索过他了。他已经接触过好几个类似规模的项目，所以应该知道自己在做什么。他能理解问题出在哪儿，并有兴趣找到解决办法。我和他聊了一会儿，最后他终于问我对此有什么建议，于是我把我的方案告诉了他。

现在这位建筑师不再轻视我，但仍然很难让他承认我是对的。也许，即便让他夸赞我几句，说我发现了问题，并且花时间去寻找解决方案，也是难而又难。

我向他解释了我的想法，最后他终于同意了。现在我该打电话给工程师了，再多提供些免费咨询。我发信息给彼得森，确认他已经和工程师打过招呼，而工程师知道我将打电话给他。我这样做的目的是让彼得森看到我在为他的事操心。

这个过程真有意思。不过，如果我们不再捉迷藏，而是真的开始一起工作（最好是我能得到报酬的工作）那一定更有意思。我只花了几个小时来做这些事。这种体验有点类似于既当老师也当学生。同样，我再次验证了供求关系的永恒真理，尽管我只是站在建筑行业的底层。

虽然彼得森已经预先告知建筑工程师哈尔沃森，但接到我的电话时，他依旧显得很吃惊。我们约好第二天通过电话详谈此事。

第二天上午，我和工程师开电话会议。尽管我认为面谈更易于全面思考解决方案，但他不可能和我见面。我怀疑他只看过建筑师的图纸，而且他认为现在进行现场勘察毫无必要，毕竟图纸上说得已经很详细了。

我把问题和解决方案简单叙述了一下。他也同意需要拆除墙边的支撑结构。于是，我说出了我的解决办法：

"我们可以重建承重结构，建一个带有屋脊横梁木的三角形桁架。在山墙那一侧，我们将横梁放在一个洞里，四周砌上砖。在另一侧，我们把横梁放在楼梯井墙面上的一根柱子上。"

"这样应该能奏效，对吗？"

思索片刻后，哈尔沃森表示同意。

"唯一的问题是，在我们拆除原来的支撑结构后，这些椽子的力量就会被削弱，因此需要加固。"他说。

"是的，"我说，"我们可以黏合并钉上一些 2 厘米 × 9 厘米规格的木板，加固它们。然后再在原先那些椽子的基础上，添上新的椽子，让屋顶的椽子数量成倍增长。这些椽子也使用 2 厘米 × 9 厘米的规格。"

他想使用 Kerto（克托）品牌的横梁。我告诉他，2 厘米 × 9 厘米规格的就可以了，但他得计算出需求的数量。我们需要用 C30 质量的椽子，与普通的 C24 质量的椽子不同，这种椽子要坚硬得多。地面上需要动工的地方也是如此。这种木材价格公道，非常合用。

"是的，当然。"他说。

我们一步步达成了一致。

"为了方便把新的椽子倚靠在支撑墙上，我们要在下面垫衬一块 2 厘米 × 9 厘米的木板。我们把它架在墙上，这样它就能承重了。"

他同意了，但他说需要再测算一下是否需要两块木板。

"那么就能拆除原来的支撑结构了，对吗？"

可以，这个答案让我俩都很高兴，但我还没有说完。

"如果我们能把横梁移到屋脊一侧，那么客户就能得到一个更佳的夹层布局。那就无须将横梁及其下面的支柱安排在那一侧，可以把它们安排在上楼的台阶区域。屋顶中央下方的过道区域很高，因此，如果因为那根横梁让净空高度变低，那就太遗憾了。楼梯的弯道必须置于屋脊的正下方，因为不能让它挡住通往楼梯井的那扇门，而那扇门并不在屋脊的正下方。"

"当然。"现在他又活跃起来了。

很快这个解决方案就被他采纳了。他大致说明了一下，那根横梁需要延伸到离屋脊多远的地方。他还花了一点时间解释，如果我们以那种方式移动横梁，会对屋顶施工产生什么样的影响，临界点会出现

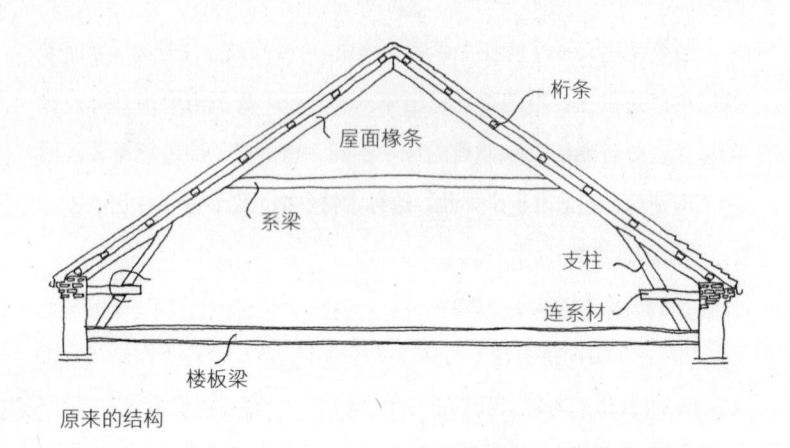

原来的结构

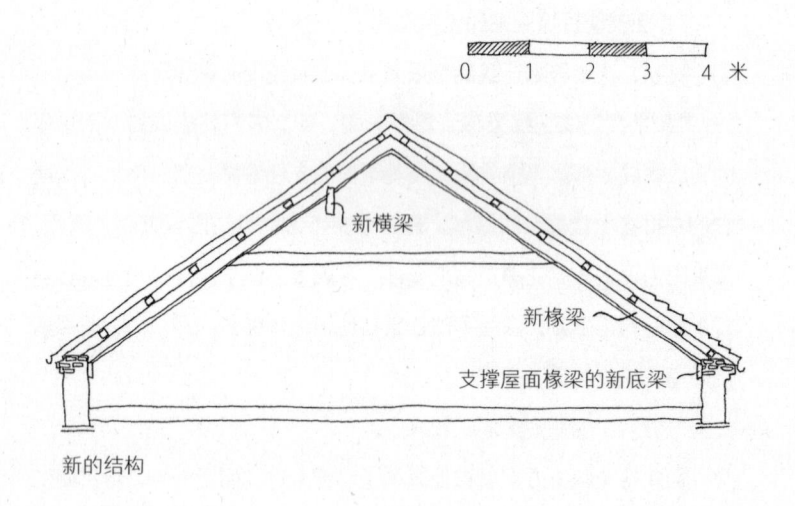

桁条
屋面椽条
系梁
支柱
连系材
楼板梁

0 1 2 3 4 米

新的结构

新横梁
新椽梁
支撑屋面椽梁的新底梁

在哪儿，哪儿的负荷更重。

"除此之外，我今天学到了不少新知识。"我说道。

哈尔沃森心情也不错。现在他似乎很喜欢和我交谈，他甚至还有时间跟我聊点别的。我们又聊了一些关于建筑业的事情，还聊了会儿人生，然后才在电话中相互道别。

现在他将做一份图纸，把它交给建筑师赫洛夫森，赫洛夫森会将新的方案整合到施工说明书中。

今天是星期五，是个好日子，晚上我想给自己放个假，明天再研究那些预算价格。明天，明天和今天只隔着一天。

[8]

酒吧里的伙伴们

我洗了个热水澡,用了许多香皂,还修剪了指甲。卡积沙斯的那个工作弄得我这几天都脏兮兮的。我们做了大量的拆除工作。那些尘土仍然留在我的毛孔里、皮肤的缝隙中,无法全部除去。我尽可能地把手搓洗干净,这是非常重要的。

我喜欢我的双手,上面有我多年辛劳的痕迹,依稀可见时光荏苒。我手上有好几处伤疤,但都不大,所幸每根手指都完好无损。这是一双木匠的手。我的皮肤很硬,但没有起老茧,我已经很长时间没长老茧了。我手上的皮肤如同一层薄薄的工作手套。由此可见我过往的生活。我想,我的手和我的生活轨迹非常吻合——我干了些什么,正在干什么。我的手就是我手艺的证明,是我的个人简历。

钣金工和砖瓦匠都有着强壮的双手。钣金工常常使用钳子,常常会被锋利的金属刀割伤,这点很容易看出来。泥瓦匠得搬运各种材料,扛起沉重的水桶和麻袋。水泥、灰泥和灰浆可不是润肤霜,他们更像一种特殊的磨砂膏。和这些业内人士相比,我算是有一双细致美观的手了。

我喜欢待在泰迪的酒吧里,这里就像我的第二起居室。那天下午我早早就过去了,正好是喝杯啤酒、吃个汉堡的时间。约翰、埃斯彭、克里斯特都坐在酒吧的角落里。无须特意安排,我总能在这里见到朋友和熟人。

之所以选择去一家好一点的酒吧,理由就是你能在那里找到好伙伴。但知音难觅,所以你得耐心一点。不过,我就在这家酒吧中找到了最好的伙伴。来这儿的朋友们不太在乎吧友的社会地位或个人背景。我们的交谈会随着话题而转移,而并非取决于说话的人是谁。我们可以海阔天空地闲扯,不会有人因为预期不同或者存在某种思维定式,而对你妄加评判。

今晚站在吧台后的服务生是恩格尔和本特,鲁内在厨房里忙活着。他们和酒吧的吧友一样,都是我的好伙伴。每当鲁内烹饪的时候,我都会点一份辣椒汉堡。他的辣调味酱不错,偶尔我还会点双份。

克里斯特在信息技术行业工作,埃斯彭是一个为音乐会和赛事活动服务的装配工。我不太了解约翰做什么,尽管这些年来我们已经在这家酒吧里聊过无数回了。他在奥斯陆上班,是阿克什胡斯大学(Akershus University)的管理员或者讲师。我在他们身旁坐下,开始聊工作、书籍,各种闲聊。

斯诺尔来了,他是一位丹麦木匠,受雇于一家大型公司。尽管我们的职业相同，但我们就像在两个不同的星球上干活儿。我做的是阁楼改建，而他在市中心的大型建筑点工作。还有一个最大的区别，那就是，我自己做生意。我们各自的星球沿着各自的轨道运转，但有时这两条轨道离得很近。我们都有一双木匠的手，每当大风扬起阵阵尘土时，我们也都会感到寒冷。

斯诺尔穿着工作服，他住的地方离这儿挺远的，如果回家换完衣服再出来的话就太麻烦了。当他穿过大门，走进温暖的房间时，他已经顶着风沙在光秃秃的、没有窗的混凝土墙体之间辛勤劳作一个星期了。此刻他需要的是一次淋浴、一张沙发，所以如果他想来这儿，得干完活儿后直接过来，因为喝啤酒、见朋友很重要，而淋浴和沙发可以等等。斯诺尔和我都觉得天气越温和越好，这周末 -8℃ ~ -10℃ 是不错的，如果 -20℃ 就太冷了。

一个小伙子走到吧台前点单。他瞅了瞅斯诺尔，注意到了他穿的衣服，说道："你是不是干完活儿就直接来了？还穿着工作服啊。"

他兴高采烈地开着玩笑。我猜也许他想招惹一下斯诺尔。他打趣道，丹麦人会在午餐时间喝巴伐利亚啤酒。

"喝了酒后下午有什么感觉？1米还是1米，1厘米还是1厘米吗？"

啊，没错，丹麦工匠会在干活儿时喝酒。斯诺尔瞟了他一眼，又望了望和他坐在一起的那群人。他跷起大拇指向肩后指了指。

"你们是今天发了工资，所以来这儿喝一杯吗？"他说。显然是这样。"你们都穿着工作服？我是说，你们怎么像从一个模子里倒出来的。是因为办公室有着装规则吗，还是怎么回事呢？"

这次，他的确在等对方回答。那个家伙有点莫名其妙。斯诺尔抛下这个没人回答的问题，回过头来看着我们。那个家伙拿了啤酒，回到自己那一桌，我们又清静了。

"我是不是傲慢了一点？"斯诺尔说。

也许有点，但那个家伙显然更傲慢，尽管他自己并没有察觉。就算有人要取笑丹麦工匠，以及他们喝酒的习惯，那也只能是我们——他的伙伴，而不是像他那样一个爱挖苦人的办公室职员，一个谨守着装规则不敢造次，而自己对此浑然不觉的家伙。

我们继续聊天，话题转到了建筑行业上。现在做这行的人也许算不上是健康模范，但过去从事建筑行业的人酗酒更厉害。我是他们几个中的元老，我随口讲了几个故事：20世纪80年代，我刚入这一行时，很多人会在工作时喝醉，我得去把醉倒在空铲车里的工友叫起来。我们聊了一些这样的事情，没有特别提到喝醉的丹麦人。

时代变了，现在你很少听说，有人会在搭脚手架时喝得醉醺醺的，或者在操作危险的机器时喝多了。然而，我还是忍不住想，如果现在还有这样的人，他们会怎么样？醉酒而丧失行动能力之后，他们会不会在寒冷的户外不幸丧命？从整个社会来说，戒酒人士的比例并未上升。因此，这些爱喝酒的家伙很可能退出这一行了，或者他们改变了自己的饮酒习惯，现在能做到工作时滴酒不沾了。我想对此一定有许多种解释，但有一个统计数据就能给出其中一个解释，即多少人请长病假。如果这个数据真的发生了变化，那么可以肯定的是，这些人拥有的日常生活空间变小了，我们的社会不再像过去一样容忍他们了。

一想到一个醉汉拿着圆锯的场景，我就不寒而栗，所以我绝对禁止工匠在工作场所饮酒。虽然我不希望他们在工作时喝酒，但是为了让工程顺利进行，就将那些爱饮酒的工匠一律排除在外也是有代价的。所有那些从前能被社会接受，而现在却被认为不妥的事情，莫不如此，白天饮酒只是其中一例。流水线工作对个体自由的容忍度为零，个体被规则和权威压得透不过气来，其结果是很多人不愿意工作了。因为现在对于工作，人们只付出 70% 是不够的，都要 100% 地投入工作。对我们很多人来说，这么大的变化似乎并不重要。

　　但我仍然很高兴，至少现在当我搬运天花板瓷砖时，不必再担心空车会砸在我的头上。而在 20 世纪 80 年代的工地上，这样的事时有发生。

　　斯诺尔和我们聊起了他目前干活儿的建筑工地，还有他那二三百个工友。他们使用的工作语言是挪威语和英语——工友们的语言水平相差很多，南腔北调的，此外还有手势。

　　斯诺尔拿出一张纸，这是他从一个工地中拿来的，在工地的每一扇浴室门上都贴着这样的纸。显然，这些工作间地下有水管，水管里的水有可能会冻住。所以，这张纸上写着：别关淋浴间的水龙头。这则告示在这张纸上用不同的语言写了十遍，最上面是挪威语，下面是九种不同的语言。一个德国人用德语评注道：少了德语。不知道是谁纠正了那条冰岛语告示的语法错误，把它改成了一个完整的句子。冰岛人是出了名地重视语法。

　　斯诺尔想要借此说明：并非只有在炼油产业或信息技术产业的开放式办公室里才拥有国际化的劳动力。考虑到他已经吹了一个星期的冷风，他的工作地点很可能比大多数开放式办公室更加开放。他还争辩道，多样化的语言也展示了开阔的视野和高容忍度。也许他说得对。那座建了一半的办公大楼就是一座巴别塔（Tower of Babel）。多样性和差异性带来了不少实际后果，不仅仅是语言方面的问题。

LA VANNET RENNE I DUSJEN

Let the water run in the shower

Anna veden valua suihkussa

Leiskite vandeniui bėgti į dušą

Puść wodę pod prysznicem

Пустите воду в душе

别关淋浴间的水龙头

Krananum í sturtunni

Deje correr el agua en la ducha

在各行各业的行话中，有很大一部分源于外语，并且已经成为我们日常语言的自然组成部分。我们的语言由此变得更丰富了，但我们目前正在经历的劳动力迁移会带来同样的影响吗？我们会将波兰语

43

和立陶宛语中的词语，而不是德语和英语中的词语，引入我们的挪威语中吗？

实际上，处理语言差异问题挺麻烦的，特别是在我们的大型建筑工地上，这会导致技术性术语的使用大为减少。工友们要费上半天劲儿才能理解对方的意思，这种情况也非常普遍。不同的承包商的存在让这种情况更加严重，因为他们所提供的报酬和工作条件差异悬殊。不同的施工现场之间存在着语言、文化、专业度和社会方面等各种差异。

我主要做的是建筑业中的中小型项目，在我们负责的那块也存在这样的问题，尽管相比之下局面要缓和一些。语言问题给我们带来的不利影响是：很多中小型承包商的挪威语水平有限，无法完全看懂和理解图纸和项目说明书。因此，在很大程度上他们会根据自己有限的经验，连蒙带猜地进行施工，有时会产生一些非常奇怪的施工方案。

对许多来自国外的工匠来说，自己开公司也许意味着实现自己的独立梦想，或者仅仅是给自己找一份工作。他们开出了非常低的计时工资，但聊胜于无，或者说，比他们在自己的国家中能开的价高一些。他们的动力就是坚持到底、不放弃，但在这种情况下，未必能保证高质量的手艺。

多个案例的事实证明，这样操作是有问题的，这没什么令人惊讶的，但50年后人们会怎样看待这个问题就不好说了。从语言的角度来说，劳动力迁移和人口迁移涉及多个层面的问题。

一些手工艺传统可以追溯到很久以前，并且可以延伸到欧洲的外围地区，比如说我自己就是这样。这个圈子很小，我们得从更广阔的技术环境中借鉴，比如向采矿业、航运业、造船业等行业学习，向钣金工、纺织工人和建筑工人学习。我们的工匠到国外去学习，我们把国外的专家请来授课。我们相互学到了不少。在过去这种做法非常常见，现在仍是如此。

  术语伴随着行业出现了。需要从阁楼上移除的支杆，在托尔肖夫叫"strevere"（挪威语）。这个单词还有"野心家""机会主义者"的含义。这个词是我们常用的行话，它源于德语"streber"和英语"strive"（"奋斗""努力"），而且很可能和现在涌现的那些新词一样，是工人们引进来的。建筑行业中有不少人在努力奋斗。竞争变得越来越激烈，已经成为职业生涯中的一部分，让从业者努力奋斗、参与竞争、力争上游。而这种竞争行为源自我们在这座城市的巴别塔中所见识到的冷酷无情，所以这个术语很可能带有某种讽刺意味。

[9]

招兵买马

　　约恩·彼得森打电话告诉我，有个承包商说，他需要更长的时间。因此，他们相应地推迟了递交投标书的截止期限，将时间推迟到本周五之后的三周。我已经收到了关于屋顶施工的最新图纸和施工说明书，根据这些材料，我推断这个施工计划会得到批准。现在，按时完成投标报价书，对我来说已经不成什么问题了。

　　星期二那天，我带上我的团队——砖匠、油漆工、电工、钣金工，以及所有负责采暖、通风和空调的工匠，还有管道工一起去勘察现场。电工和管道工11点就到了，其他人在中午先后来了。

　　管道工芬恩已经将他的工作地点从建筑工地换到了办公室。他现在给项目定价，并管理项目的进展。我不知道实际参与现场施工的工人是谁，但鉴于他的公司里就那么几名员工，因此无论谁来我都认识。对工匠来说，这样的职业发展道路非常常见，最后他们会在办公室里上班，做行政工作。对有的工匠来说，这是他们自己的选择，他们从刚入行时就明白这点。他们首先会做一段时间的学徒，或学习一段时间，从而获得资格认证。然后，他们会实践一段时间，获得一定的实际经验，最后再继续深造。有一些课程可供他们选择，他们有机会进入专业技术学校或大学去学习几年。除了一张大学文凭外，芬恩没有接受过其他的正规教育。但他具有丰富的实践经验，而且他善于议价，也善于和顾客打交道。

而有的工匠意识到，随着自己年龄的增长，在体力方面也跟不上了，没法继续干体力活儿了。他们的肩背部位都遭受了不同程度的磨损，不得不换工作，但他们并未离开自己擅长的领域。做了几年建筑工人之后，很多人再也无法承担这样的工作了。他们受的伤不会随着时间而消失，也不是做一次手术就能改变的，长期磨损而导致的损伤多半是永久性的。这样的损伤将给他们的余生带来难以挽回的影响。

也许有人会说，各行各业都有自己的艰难之处。这种说法没错，但通常说这话的人一定没干过体力活儿。他们会接着说起自己的工作环境给他们带来了多少心理压力。他们是在暗示，体力活儿是令人愉快的、简单轻松的，而且我们还能看到自己的劳动成果。有一点值得指出，体力劳动并不是对抗工作压力、缓解你和同事之间的矛盾的灵丹妙药。

建筑行业中需要的行政岗位在数量上是有限的，因此很多人被迫退出了这个行业。假如有个项目经理的职位在招人，那么通常情况下，一个刚刚受过高等教育的工程师比一个拥有多年经验的工匠，更有可能得到这个职位。人们常常更看重教育背景，而非实际经验，即便工作的内容涉及组织管理、实际作业。

无论你怎样看待这个问题，大量熟练工匠流失的一大后果就是导致这一行的知识和技能在耗尽。很多人退出这个行业时，正是他们状态最佳的时期：他们具有丰富的经验，拥有经过多年磨炼的纯熟技能。在那个阶段，他们正是精湛专业技术的源泉。

埃巴来看电工一块。建筑工地上不常看到女性，她是个例外。同时，她也拥有出众的能力，能既迅速又准确地做出估算。

在勘察现场，我们从头到尾把这个项目快速过了一遍。我问他们，有没有什么需要特别注意的地方，他们提出了各种问题。他们手头各有一部分他们需要的招标文件。我们谈妥了他们提交报价的时间，而我会在收到并且看过他们的报价之后给他们回电话。

油漆工来勘察了房屋并做了笔记。他数了数一共有多少个墙角，计算了整个阁楼一共有多少平方米，还计算了踢脚板、门框和窗框、门窗镶边总长度共计多少米。我问他，标准涂料和更经久耐用的涂料分别是什么价位。各种涂料的质量有天壤之别，我认为列出不同涂料的价格，可以说明我们考虑得很全面，这样做能给我们的投标书锦上添花。给出两种材料的价格，并不需要花费多少时间。我们商定了使用哪种面漆。至于地板，我会尽可能地多等一会儿，直到所有的抹面和粉刷工作全部完成之后再铺地板。这意味着可以少用一些覆面料，而且更重要的是，可以大大降低地板受损的概率。

在越南文化中似乎鼓励人们做油漆工。大多数越南人似乎都是从事这一行的。我的这一理论是建立在贫乏的统计数据的基础之上。塔姆无论做什么都很快，他讲着自己那个版本的挪威语，别人很难听明白他说的所有话。但他的工作完成得很好，要价也不高。我不太了解他之前是做什么的，但他的确拥有纯熟的技艺。而且，无论公司交给他什么工作，他都会严格把控质量关。

在油漆匠干活儿时，屋子里似乎总是香喷喷的。一到午餐时间，他们就会用自己带来的电饭煲、准备好的蔬菜和酱汁做出热腾腾的饭菜。那一幕让我想起了在森林中旅行，搭帐篷野营的情景。在建筑工地上，很少能闻到热乎乎的食物散发的香味。

彼得是我的钣金工，我还在拜师学艺时，他就是我前老板手下的工匠。他是一个很风趣的人，活儿也干得很好。彼得是大家的开心果，每当我需要振奋心情的时候，就会叫他来参加施工协调会。我们已经合作多次了，所以我们知道讨论那些实践方面的细节用不了多长时间，我们经常聊着聊着就聊起了钓鱼。我们都喜欢用飞钓，都喜欢鳟鱼，但他也喜欢梭子鱼，对此我无法理解。

彼得给我提供的报价包括通风设施、管道覆盖物和一根通往屋顶的污水管的费用。此外，我还让他列出了部分现有通风设备的维护费用——这应该包含在额外工程的费用里，但施工说明书中并没有涉及这一块。现在既然他来了，最好把问题都一次性解决。另外，我让彼得检查了一下原来的钣金活儿质量怎样，是否仍然能用。他把脑袋探出屋顶的旧天窗，查看那些烟囱体是否处于良好状态。有一些防水板被积雪覆盖着，但应该没问题。我们又聊了一会儿冰上钓鱼的事，然后我们就算谈完了。

接着该轮到砖瓦匠了。他的工作包括用粗沙和水泥浆给墙面打底，搞定需要修补的烟囱，还有一间浴室的地面需要铺上瓷砖。砖瓦匠约翰内斯也是我的老相识，我们在工作中了解了对方，此外没有其他联系。尽管这样，我仍把他当朋友。

我的生计要靠他们，靠他们为我工作，反之亦然。

我们一起度过那些令人焦虑的时刻，在无法拿到酬劳或者需要付账单时并肩作战；在我们感到疲惫乏力却不得不干活儿，并且要把活儿干好时给彼此打气。我们都无法接受偷工减料。我们从来不需要向对方撂狠话，这也许是我们能抱成团的另一个原因。

能和这样的人共事是我职业生涯中最让我感到骄傲的事。我对他们的了解就像我对其他人一无所知一样，在某种程度上，除了像我们这样的人之外，我无法向任何人充分解释。他们和我一样，忍受着严寒和尘土，他们能理解我的工作。我们对彼此的尊重也许是旁人无法理解的。亲密无间的合作关系，是一位工匠所能享受的最美好的事物之一。

[10]

一份完美的招标文件

招标文件实在太笼统了，我不得不分开计算，分项列出，以便从全局上把握这个项目的主要工作内容，然后我就能分别核实每个部分了。电子制表软件能够实现这些，如果我使用这些软件的话可能会更方便，但我从未学过这些软件。这样的事工作量很大，很难搞定，需要对各个分项进行评估。计算程序并不是一时心血来潮就能设计出来的。尽管有可能耗时更久，但我还是决定按照自己过往的经验，按老办法来做。

我先统计数量：地面有多少平方米，要用多少塑料片材、蒸汽膜、隔热材料，用作钉条的钢材数，等等。我计算了每扇窗户和门的尺寸。然后我大致算了一下，具体需要多少紧固件、黏合剂和密封剂。这个项目的每一部分所需的材料都需要纳入考虑，从你开始进行拆除工作起，到你钉入最后一个钉子，旋紧最后一颗螺丝钉为止。

我登录索格兰德木材和建筑提供商（Thaugland Lumber and Builders Providers）的网站，使用我的折扣购买材料。我在莫特克（Motek）网站上购买了钉子、螺丝钉、黏合剂和密封剂。这两家都是主要面向专业市场的。他们储存了一定品种的产品，线上线下都有专业人士为你解答。面向建筑商经营的一大好处是，无须耐着性子等待业余买家询问他们关于2米规格的踢脚板的问题，他们买不买都是个问题。作为一个工匠，看着别人尝试自己设计、自己动手挺有意思的，但不用排在他们后面买东西真是一种解脱。

目前采购清单的总价是27万挪威克朗。

现在我得估算一下废料的数量，并制订一个处理不同废料的计划，包括复合材料、实木材料、灰泥、黏土，以及这个项目中的石棉。我计算了一下处理这些垃圾所需的费用。石棉用料的计算比较严格，我准备把这块交给专业人员。这项工作本身并不复杂，但需要做到准确无误，而且必须记录在案。在我刚入这一行时，作为别人的雇工，我也干过清理石棉的工作。那时雇工们的福利并不好，不过我现在不干这些活儿了。

石棉是一种具有防火性能的、对身体有害的矿物，即便在普通的民居中，也会采用这种材料防火。现在关于石棉使用的行规非常严格。我不禁想到，这些年中有多少工匠因为石棉污染而患上了癌症。即便石棉的危害性已经几乎尽人皆知，那些生产和销售石棉的家伙依旧否认这种危险的存在。使用石棉让我常常联想起烟草行业的危害和牙医使用汞的危害。为了打赢官司，牙医助理往往长年累月地卷入诉讼之中。

由于各种废料、隔热材料、木材和板材的存在，建筑工地往往满是尘土。除此之外，工地上还有各种以前所使用的或者现在仍在使用的化学制品。要知道，黏合剂和涂料制品中含有溶剂，水泥制品中含有强碱性物质。来到挪威的瑞典工匠不习惯在没有保护呼吸设备的情况下使用油基涂料。瑞典和欧盟在这方面的规定比挪威严格得多。我曾试着向别人解释油基涂料的成分：石油溶剂油挥发之后，就是一种强效的温室气体。你不妨想象一下，年复一年地吸入这种涂料的挥发物，会给你带来什么样的损害。

  石棉一例足以说明，施工场地的尘埃具有怎样的危害性。施工时，建筑工人暴露在各种化学物质和尘埃的混合物中，而我们仍对这种混合物的危害缺乏了解。癌症和慢性肺病似乎不像从脚手架上跌落，或被电锯割伤那样危险，但它们对人体确实存在潜在的威胁。

  当年他们建造位于赫格尔曼斯门的公寓楼时，大约使用了 20 种不同的材料。而现在，建筑界使用的产品约有 5 万种。可想而知，要想全面了解你所接触的建筑材料，该有多么错综复杂。

  我大致估算了下，这个项目的每个阶段分别需要耗时多久，即挪移储藏室、铺设地板、做楼梯井、打窗框洞、降低天花板的高度、运送建材分别要花多长时间。所有工作时间都要计算在内，时间过得很快，而在这种项目中，劳工成本约占 70%。

  我发明了一个挺不错的方法，能省时省力地将要用的建材搬上去，将不需要的废料搬下来，其关键在于，妥善地存放运上阁楼的建材。这些建材的体积庞大得令人惊讶。事实上，在施工过程中，我们需要先后三次用起重机将它们吊上去，否则这些建材会在阁楼中占据太多空间，导致施工无法进行。这样的工作需要系统布局，就像下棋一样，我喜欢这一点。

计算好所有数据后，我又加了一项：可能发生的意外情况。一定会出现始料不及的意外，无论我算得多么仔细、全面，也很有可能忽略了什么。这样做也能避免我做出过于乐观的估算。对一个项目太乐观就容易少算时间，我明白这一点，所以加上不可预见的成本这一项，以便提醒我自己。我在原始总价的基础上又加了10%，如果在此之后我对自己的预算有安全感了，就把这10%减掉。

我粗略地计算了下我的各个分包商所需的费用，将这些费用也纳入账目之中。这样，我拿到他们的报价之后，就能用他们的报价代替我自己填上的那些数字，并计算出更准确的总额。现在我先根据以前项目的报价填上数字。我的投标价约为115万挪威克朗。

这个数字具有真正的意义，非常重要，所以我得好好核实一下，看看自己有没有出错，会不会给我造成什么损失。为了进行比较，我算出了几个参考总价。

通过一次简单的运算，我得到了重要的比较数据：将总面积乘以每平方米的单价。我得先考虑一下这个工程的复杂程度以便计算出每平方米的费用。在使用那些从以往经验中获得的数字时，我得将目前的价格调整纳入考虑，并相应地调整我的预算。几年前，建材的价格就在一年内提高了两倍，那些无法承受这一巨变的公司遭受了重创，好几家公司都破产了。彼得森家的工作挺复杂的，每平方米的单价低不了，特别是还有一间浴室。我将这些数字相乘，算出了结果。

然后，我不计入浴室一项，算出了第三份总价。或者应该说，我单独列出了浴室一项，报价为25万挪威克朗。接着，我又重新计算了每平方米的平均造价，然后再加上浴室。

现在我算出了三个总价，将它们和最初算出的总价相比较。现在我可以放心一点了，我所得出的总价应该八九不离十。

如果我算错了报价，那么我的收入就会减少。除去材料成本、固定成本、付给分包商的费用之后的所有款项，就是我赖以为生的收入。如果计算失误，将让我付出昂贵的代价。预算报价本身也是一门技术，需要准确地判断和预算。虽然10%的偏差和总价相比不算什么，但对我来说，这就意味着白白损失了11.5万挪威克朗的收入。

我在算报价时出现过重大失误。有一次，我的应税收入达到1.9万挪威克朗，那一年我不得不加倍努力。但有一点值得安慰的是，至少我不需要担心第二年秋天的欠税问题了。但我要从自己的口袋里掏100多挪威克朗来完成那份工作。活到老，学到老，前提是千万别把数字算错了。

我的前老板告诉我，每次竞标成功后他就开始焦虑不安。他会担心是不是自己开价过低才揽到了那份工作。

现在我已经算好了房屋翻新和木工活儿这两块的价格。房屋翻新是建筑工程：包括抹灰泥、安装窗户和其他的主要工作。木工活儿包括安装门和窗框、门窗镶边和踢脚板、内部装饰，还有更精细的工作。这两大块我都包了，我并不认为，木匠的工作比翻新工作更棘手。说到这次项目——改建阁楼，我反而认为翻新工作更容易一些，但这一般取决于我们所说的是哪种类型的活儿，还有对不同的项目的熟悉程度。在思考过程中产生的压力是对职业水准的挑战。在动工之际我就得想到完工之时。我得想清楚1月时自己该做什么，这样项目才有可能在5月顺利完成。

在挪威，不少工匠对整个建筑行业有整体的了解。在挪威文化中，工匠的概念比其他许多文化中的工匠概念广泛得多。在别的国家，一个项目有可能会被分包给不同的贸易集团，而每个建筑工匠熟悉的领域也要狭小得多。

在任何领域中，平凡的劳作通常威望很低，且常常因艰苦、单调又无趣而被忽视。但其实这样的工作才能证明你究竟是一个勤奋、能干的工匠，还是一个懒汉。那个兢兢业业地除旧布新的工匠，很可能其他工作也干得不错。

那些做实事的人，如厨师、木匠、农夫、渔夫，都对自己从事的行业抱有脚踏实地的态度。如果你拥有娴熟高超的技艺，你就不会装腔作势，反之亦然。一般来说，技能培训往往会循序渐进地进行，从最基础的技能慢慢过渡到难度较高的技能。此外，一个人是否重视基础性的工作能多多少少地反映出他的心态，即，是把它看成无聊的蠢活儿，还是看成做好一份工作的关键。

这一态度也反映了我们社会的某些现实。许多最基本的生产劳动日趋远离我们的视线。我们对它们的了解越来越少。我们把自己保护得很好，远离噪声和尘埃。我们对实际劳作的态度，正是这种距离感的又一例证。

简化工匠工作的后果说不定比轻视效率问题的后果更严重。那些推销产品的小册子，像是我们生活中的枯燥漫画，既没有展现产品制造的过程，也没有展现那些产品的制造者——我说的是生产这些产品的人。我们不想看到干苦力活儿的过程，我们只想看到好用的、物美价廉的产品。

这样理解生产过程，意味着又脏又累的工作不是什么好事。能避免这样的工作是最理想的。将生产过程转移到可控制的环境中、工厂中，是基于这一思维模式的自然结果。接下来就是转移这种体力劳动，把它们转移到具有廉价劳动力，并且他们能忍受恶劣工作条件（在我们看来简直难以想象）的地区。在我们看来，这样做是最省事、最干净的了。

但是手工活儿永远不可能是干净的、无菌的，尽管其最终成品的模样会让我们产生那样的错觉。假如某个产品是在别的地方，比如离我们很远的国家里生产出来的，那么我们眼不见、心不烦。但这并不意味着其生产过程就像产品宣传手册上的图片那样纯净无瑕，只不过是因为这一切发生在万里之外，我们没有看到而已。

在挪威建筑业，新建楼宇一直是谈论的焦点。光鲜的简介展现着它们的美好形象，树木和人物柔化了它们带来的视觉冲击。新建楼宇也需要拔尖的工程水准，尽管事实上，新楼施工比旧楼改造要简单得多、干净得多。

然而，现有的建筑物代表了未来的大部分建筑。我们可以找到许多新颖、高效的方法重建这些楼，使它们更加现代化，但我们不可能在一个无菌的环境，在远离尘埃、寒冷和汗水的情况下做到这一点。如果人们认为建筑是脏活儿，那么谁还愿意做这些工作呢？

说到这点，有关"被动式房屋"的讨论是一个极佳的例证。"被动式房屋"的定义和所有其他的建筑标准和技术规定一样，是可以改变的。对大多数人来说，以这种方式减少生态足迹听上去非常美好，但就是复杂了一些。实际上，这比翻新老房子要容易得多。但是旧房改造脱离不了那种脏兮兮的感觉，所以没有"被动式房屋"和现代科技那样值得被谈论。

在一个压力不小的建筑市场中，如果那些人真的考虑节能，那么他们应该要做的是现有建筑的翻新改建。和旧房改造相比，给新的建筑物增加隔热设施，在节能方面的意义不大。

大吹大擂所谓标准化的"被动式房屋"的政客，似乎要比大张旗鼓地宣传各种大型楼宇项目的政客更值得人们信赖，因为那些大型楼宇项目无一例外地涉及保养和维护问题。举个简单例子，从政治层面来说，前者无须对纷繁复杂的情况多加解释，更加方便宣传。

人们如果想要接受这些挑战就得改变关注对象，聚焦于手工艺人以及他们做的工作。至少，如果人们想要有效地迎接这些挑战就必须这样做。

文字是经过精心挑选的，顾客得证明他们的选择是正确的，而个性化通过所谓的"设计"又回到了产品中。如果个体因素在某一产品的生产过程中消失不见了，不但会对工人们有直接影响，还会产生其他更多的影响。如果产品是在遥远的异国他乡制造的，那么在质量方面，定制化服务方面的选择就会减少。将个性从生产过程中剔除，然后又想在最终的成品中重新找到个性，这可能吗？想要证明这点是不现实的。

我们的社会需要给予手工行业一定的发展空间。只有这样，那些公认的美观又实用的产品才有可能出现。是的，如果有的东西被设计得丑陋无比或蠢笨难用，那我们就有谈资了。

多样性是手工艺的特点之一。产品能够问世对设计师才具有最重要的意义。如果我们有不少很有天分的设计师，但没有一个能将优秀设计转化成实物的工匠，那么我们的卖点在哪儿呢？是我们把这些设计和点子出口到国外，还是我们把这些设计师送到国外就行了？

[11]

屡败屡战的招标

最近，我一连提交了三个大型项目的投标书，但一次都没成功。这就是说，为了揽到活儿，我已经浪费了大量时间。我感到有一点厌烦，也有一点沮丧。像卡积沙斯那样的小型项目不足为生，因此我需要定期承揽一些大型的工程项目。

我尽量小心不露出沮丧失意之色。在和彼得森夫妇打交道时，我表现得若即若离，既不过分热情，也不过于冷淡。如果我表现出急于拿到这个项目的模样，就会给他们留下负面的印象，认为我无法胜任这份工作。

至于我的那些东欧同行，大多数人会认为，他们那样迫不及待、绝望沮丧是理所当然的。他们的沮丧心情可以从他们的要价中体现出来，而这甚至已经成为一大竞争优势。我们必须根据我们的国籍、社会地位、环境做出改变。但其中的一些细微差别是颇为复杂、不易察觉的，就像各种红酒之间的差别一样。我们不该留恋太醇美的酒香，那种香味太浓烈，而其回味却是最短暂的，就像我们对一份完美工作的美好回忆一样。温和的、异乎寻常的香味是不错，但前提是这种香味必须讨人喜欢。

市场中的"波兰工匠"的优点充其量只有他们的开价比我低这一点。在任何情况下，顾客们基于国籍而期望某样东西便宜，都会给自己带来不快。

在这三次投标中，第一次我输在了报价上，被光明正大地击败了。竞标成功的那家公司中有我认识的人，所以我打听到了那家承包商开出的真实价格。

如果客户允许优秀的建筑公司在投标阶段公平竞争，那么各方的报价不会相差太多。如果在那种情况下出局的话，反而能鼓励我。因为这意味着，我的价格和中标方的报价相差不多，而我的预算也没有太离谱。也许下次赢的人就是我。

至于第二个公开招标的项目，我完全不知道客户基于什么考虑做出那样的决定。我甚至连他们已经做出决定这一点都浑然不知。最后我打电话去问才发现自己已经落选了。这样的事偶尔也会发生，确实会让人心里不舒服。

第三个公开招标的工程，也是一个阁楼改建项目。巧得很，最后有个熟人告诉我整件事情的来龙去脉。我的这位熟人正好是那个顾客的朋友，他实在无法苟同那个顾客的做法，所以他觉得有必要让我知道真相。

这个顾客已经选定了承包商，但他觉得还有必要再还一下价。招标邀请书是在顾客和承包商已经彼此达成协议的情况下发出的，他俩早就认识了。所以我和另一位木匠都被利用了，成了顾客衡量报价的工具，事实上我们根本没有成功竞标的机会。

此时我在等待约翰内斯、彼得和其他人的报价。彼得有点懒洋洋的，因此我特意打电话提醒他尽早给我报价。这不是什么大问题，和彼得合作从来不会出什么大的差错。就算他的估算有点小问题，我们也会及时发现。

我的投标书如期而至，这让约恩·彼得森非常高兴，他们也希望尽快开始施工，并且最迟能在 6 月竣工。

现在我可以继续完成卡积沙斯剩下的工作了：装上最后两扇窗户，铺好户外地板。为此，我得先铲除并清理掉积雪，再用冰凉的手指钉好一块块地板，当时的气温是 -15℃。

随着日子一天天过去，或者说，随着我的受雇时间一天少于一天，托尔肖夫的阁楼项目变得越来越重要。我在考虑要不要和我认识的几个木匠联系，问问他们是否有什么项目。我也可以打电话给我以前的老板，或者请建筑商联合会向所有的会员发送一条短信，让大家知道有一位一流的木匠现在正在寻找工作。

其实向同事们打探有没有工作，这样做并不理想。因为你无法确定自己是否真正有时间去做那个项目。比如，如果我争取到了赫格尔曼斯门的那份工作，我一定没有时间去做别的事。如果我竞标成功，那么我就得来回跑。这样一个项目在时间上比较紧迫，这就已经排除了同时接其他活儿的可能性。如果既想按时完成这个项目，又想和彼得森一家维持良好的关系，那么稳定的施工进展绝对是必须的。

　　这是一个永恒的难题。因为你一定不想拒绝工作机会，而拒绝顾客会大大影响你的声誉。你不得不尽量权衡，看看自己能做多少，尽量做到不拒绝客户，所以有时你会忙得要命。在潜意识中，你总是免不了担心，也许有一天会找不到足够的活儿干。

[12]

完善合同细节

　　客户给你的是一份不完全的合同，这样的情况其实并不罕见。一开始也可以接受，但所有细节都很重要，所以我一直有这样一个习惯：我会把握一下全局，列出一份我认为协议中应该包含的一切内容。

　　我列出了报价的有效期限、可能的开工时间、所需的施工时间。这些条款的细节都可以再商量，我把这些都写上了。自合同签订之后，报价也有可能根据潜在价格的变动而进行调整。我还列出了关于施工材料、废料处理等几个问题，以及其他事项。

　　我会列入一条略显可笑的限制性条款：客户需保证施工人员能得到令人满意的施工图纸和工程师的预算单。这一条看上去是废话，但有时想要得到详尽的图纸的确颇为棘手。一个建筑师发出一声长叹，告诉我可以自己琢磨、自己决定，好像是在恭维我，我也能干他们的活儿，并且能干得和他们一样好——我经常会碰见这样的事。

此外，我坚持索要图纸并非仅仅为了施工之用。手头握有双方选中的施工方案，并能落实相关责任也很重要。我得保护好自己。

我在合同中加上这样一条：如果出现工期延误，施工方将按延误日期支付固定数额的罚金。客户们很欣赏这一条，他们觉得这表示我一定会遵守截止日期，事实也的确如此。对我来说，和其他变数相比，按日期支付的罚金是可以预见的因素，而且并不昂贵。

如果双方签署的合同不够清楚，那么万一客户不满意，就很容易引起争执，最终引发诉讼。这将让我们付出昂贵的代价。特别是，如果法院判决我们应对此造成的不便进行补偿时，那很可能是一笔巨款，相较之下，每日固定的赔偿金额只是一个小数目。

诉诸法庭的最糟结果是，客户和建筑商各自承担一部分损失，客户无须支付全款，只需支付半价。法庭希望能做出双方都能接受的判决，但那未必是我们喜欢的判决。

施工时间、方案选择、技术水准等方面，都有可能引发争议。这有非常多的可能性。但有一点是确定的，一旦卷入诉讼中，你一定会连续几个星期，甚至几个月地失眠。由于诉讼而损失的时间、引发的焦虑，会让我们付出比律师费更高昂的代价。

从法律角度来看，建筑商要比顾客更加专业，更知道什么是最好的。我只是经营着一家小公司，因此很难对所有有可能影响我工作的法律条文都了如指掌。和其他大型承包商相比，我的法务部小得可怜。显然我应该比我的普通顾客掌握更多的法律知识，但小型公司有时会遇到非常强势的客户，他们对法律条文、合同规定之类的东西不屑一顾。

我认为，法律是一种最低限度的良好行为准则，大家都不应一有机会就把事情搞得极端。有的客户似乎更倾向于让律师而不是承包商解决争议。在奥斯陆最西边的地区，聘请家庭律师的顾客数量出现了增长。有的客户会为了鸡毛蒜皮的事情打电话给他们的律师，这样的客户最好能远远避开。在很多情况下，法律条文的措辞是模棱两可的。以下例子摘自产品和服务供应的法律条文：

第五段第一款：

（1）服务提供商应提供专业的服务，并在有必要的情况下，服务提供商应为客户提供建议和咨询。

（2）合理且谨慎地关注客户的利益。

在条件要求的范围内，服务提供者将向消费者提供建议和咨询。

什么叫"专业"？"合理的谨慎"似乎是包罗万象的。对于什么是"谨慎"，以及应该需要多理智地保持谨慎，不同的人完全有可能持有不同的观点。"范围"是一个相对概念。"建议"和"咨询"同样也是相对的。

一位我认识的律师告诉我一句挪威司法界的名言："做对事情不需花钱，证明这点却很昂贵。"如果一次争议涉及的款项在10万挪威克朗左右，那么你就得先问问自己，你愿意支付多少来证明自己是正确的。大多数法律仲裁最后判给建筑商的数额只有合同所示数额的一半,而许多建筑商甚至不会坚持到最后。由此带来的不便和相关的法律费用远远不止 5 万挪威克朗。从这一点你就能看出,这样的诉讼会给建筑商带来多大的负担。

因此,人们普遍认为,作为专业的一方,建筑商会了解何为最佳选择。但如果牵涉官司,要知道什么是最好的,或者当客户不能完全理解特定选择的后果时,就没有那么容易了。

客户们也许并没有掌握专业的技术知识,但他们也并不会花时间去了解施工方面的事情。他们的行为看上去就像在商店中购买现成的产品,如一台电视机或是一件外套。

在很多情况下客户都很难被搞定,于是他们打赢了官司。建筑商的专家地位反而对他不利,因为他应该熟悉自己的领域,他应该知道答案,而顾客们往往被看成树林中迷路的小孩儿。

很多建筑商都有这样的印象:如果客户们想要利用法律的力量,那么建筑商就成为被攻击的对象。作为一名客户,如果你很难搞,也许你就赢了;如果你请了家庭律师,你的胜算就更大。

最糟糕的情形是,你接了朋友或亲戚的活儿,结果却闹出矛盾。我也犯过这样的错误,由于和顾客是好朋友,所以我在揽活儿时只和他签订了一份口头协议,可惜的是,最后我们的友谊悲剧了。

[13]

预算

　　翻修项目和新建项目的施工顺序往往是不一样的。如果我拿到了彼得森家的项目，那么我的分包商会按小时收费，也有可能会抬高建材的价格。油漆工塔姆按固定价格收费，双方都认可这种方式。

　　当我以这种方式安排项目时，我们会以最符合逻辑的顺序进行施工。我们有许多即兴发挥的空间，也为那些更符合实际、更明智的方案留下余地。

　　按时付费有可能产生疯狂而失控的费用。只有在对整个施工过程有一个清晰的整体认识，并且与各位技艺娴熟的专业人士保持良好合作的前提下，才能控制好局面，让一切顺利进行。木匠的工作几乎涉及所有施工领域，因此，木匠自然而然地承担起了管理施工的重任。木匠触类旁通，涉猎广泛，所以在这样的阁楼改建项目中，木匠处于核心地位。

和收取固定费用的分包商打交道就意味着我可以自行组织施工，并且基于对各位分包商的信任，我也依赖于和他们的合作。虽然我独自承担了所有的风险，但如果能顺利完工的话，我也因此可以拿到更高的报酬。

按照惯例，工匠们通常会直接在施工现场进行合作，并不需要上文提到的管理人员干预太多。在这一扁平式结构中，管理人员不多。工匠们能保持通畅沟通，这是工匠们自然的合作形式。但就目前建筑行业的日常业务来看，这一模式已然变成一种理想。各种手续变得越发重要，而落在每一位工匠身上的直接责任却变得模糊，也许这就是繁文缛节必不可少的原因之一。一种合作方式被另一种合作方式替代了，于是监管文化应运而生。在很大程度上，这种监管控制甚至并非建立在实际控制的基础上，而体现在形式上，以及通过文书进行间接检查。

首先你得打钩表明你明白哪些事情是重要的，完成后再打钩表示它是重要的。这些打钩的项目将由其他人进行检验，你只是做出了鉴定。我们必须这样做，因为管理并没有落实到位，管理层还无法回答问题或做出决定。在这样一个系统中，所有人都认为责任已经精准落实，可实际上并没有。也许我这样说有点讽刺，但实际上许多工友都和我的看法类似。

建筑商之间的关系发展趋势类似于建筑商、建筑师、工程师和客户之间的关系发展趋势。这是我们建筑文化中的一大巨变。

基于若干因素，建筑公司热衷于和本行中的大型企业合作：以文件为基础的质量控制体系已经渗透到社会的各个领域，建筑行业也不例外。大型企业有很大的权力，而且不管如何，他们的行政部门都会随时待命，因此他们没有理由去反对这种制度。而这种工作方式并不是特别适合小公司，在这一点上，那些规模较大的公司取得了竞争优势。

我已经拿到了分包商的报价，所以现在我的预算已经完成了。彼得为他包揽的钣金工做出一个口头的预估。他们的数字都在我的意料之中，我把这些数字都加上了，总投标额是112万挪威克朗，接近我先前的预测。

我也列出了额外项目的预算。那个数字是根据简单的工作描述算出来的，我判断了一下大致需要哪些施工。但这并不包含在投标文件中。

我把这些数字最后浏览了一遍，准备提交投标书。我还列出了一些我希望合同中能够覆盖的几点内容，以及这份标书的执行条件。

我把这些文件都通过电子邮件发送出去了。至此我所能做的最好的事情就是试着忘记它，直到弄清楚我是否中标了。换句话说，在接下来的六个月，我是否有事做。彼得森夫妇会在两周中做出决定，选出帮他们打造新家的人。

[14]

短假结束了

卡积沙斯的项目竣工了，顾客很满意，开出了最后一张发票。

之前有人让我去做一个小项目，我去看过现场。就在我已经放弃等待客户的消息时，他们突然打电话来问我是否有时间。这意味着我得在北滩岛（Nordstrand）干四天活儿，按照小时计费，并且马上就要开工。我心里明白，有的工作价值更高。

这是一份美差，就是更换厨房的碗柜和台面，顾客也很友好。我立刻就开工了，他们也很高兴。我现在正好没事做，这对我来说简直太完美了。一单生意能带来更多的生意，有时客户本人有工作要给你做，或者有时他们会把你介绍给别人。也许随着岁月的流逝，看上去似乎什么事都没有发生过，但我们完成的项目会一直在那儿，就像一张商务名片一样。如果之前的工作干得好，对客户来说也很有参考价值。

我已经放出消息,我现在正在找工作。我让亲朋好友、酒吧的吧友们还有我的分包商们都帮忙扩散消息。我会先等上一段时间,然后再跟以前的同事联系,或者联系木工协会,让他们帮忙发信息。

我利用这个机会在索尔兰德特(Sorlandet)的南部海岸休了一周的假,那是我儿时的家园,现在我的家人还住在那里。以前的暑假很短暂,后来我又一直忙碌着。我正好利用这个假期享受美食、钓鱼、补充睡眠,但我也花了三四天时间才让自己不去想工作的事。

每晚睡前,我的脑中都会闪过各种毫无根据的猜测,各种想法在脑海中乱转。每当半夜醒来时,我又继续浑浑噩噩地思前想后。关于钱、账单、技术细节、客户以及他们的意愿,各种纷杂的念头在它们各自摇摇欲坠的轨道中一圈一圈地转个不停。

我不断地思索,似乎是在以一种极端愚蠢的方式向自己证明:我不是一个懒汉,我很勤奋。就算最后失败了,至少我已尝试过、努力过。各种傻乎乎的想法趁我休假之机一股脑儿地全冒出来了。也许这是因为现在我手头上没有能让我集中精神、全力以赴的任务,因此疑虑就这样滋生了。但到最后我能把它们全都赶走。

我收到彼得森夫妇发来的电邮了。我能明显感到我的心跳变快了。我冲了一杯咖啡,走到寒冷的户外,坐在台阶上,点起一支烟,然后打开邮件。我不喜欢突如其来的猛烈情绪,大喜大悲,大起大落,"极限运动"不适合我,我也不需要它们——这样的时刻就够让人兴奋了。

太棒了!他们决定聘请我和我的公司。他们还想约我见面谈几件事情。当然没问题。我高兴极了,终于松了一口气。这个项目一定很棒,比上次的还要棒,它一定是最棒的。

我知道我对这个好消息有点反应过激。如果来的是让人失望的坏消息,我一定也会情绪激动。我得好好准备一下,保持冷静,但无论是从物质层面还是精神层面来看,这个消息都实在是太棒了。所有一切都是互相关联的,现在我再也不需要担心经济问题了,只需要每天早上乖乖起床,然后准备工作就行了。我有足够的收入可以供我在夏天休假,并且我也有了休假的理由。至少在接下去的五个月内我就要过上这样的生活了:白天拼命干活儿,晚上美美地睡觉。

如果现在有人问我过得怎么样,我不会再支支吾吾地答不上来了,我可以坦然地告诉他们我的近况,不会再怨天尤人,也没什么可抱怨的。起初问我这个问题的人是出于好意,但这难免会让我立刻联想起很多事情。因此,每当我听到这个问题都会不可避免地担心起来。但现在我可以高兴地回答,我有项目了,而且这个项目真的很棒。

[15]

谈判开始了

我坐在彼得森家的厨房中。这是 6 月初的一个星期四下午。他们全家人都在。卡里、彼得森和我一起坐在桌旁。孩子们跑来跑去，看上去既害羞又兴奋——小孩子看到家里来了生人，往往都会露出这样的神情。我进门时礼貌地和廷斯、弗雷德里克打过招呼。弗雷德里克是老大，今年 5 岁半，廷斯 3 岁半。廷斯一开始对我有点警惕，但是在弗雷德里克摇晃我的脑袋后，他也开始模仿。毫无疑问，日后我会和这两个小男孩儿相处得越来越熟。

我们的协议内容包括建筑工人可以在厨房中用餐。我们可以在这里吃午饭，从水龙头接水，或者使用他们的卫生间。一开始我还真有点不习惯就这样闯入别人的私人空间。尽管有的客户告诉我们，可以使用他们的毛巾，但我还是习惯带自己的毛巾来。我们不能把尘埃和污垢带入他们的私人空间。我也会尽量避免在顾客的水槽中洗手。我不喜欢看到棕灰色的污水弄脏雪白的瓷水槽，而且不管我把它冲得多么干净，我依旧觉得水池已经和之前不一样了。

我坚持在合同中强调了逾期每日罚款这一条，以便让他们印象深刻。为了安全起见，我也获得了他们的允许，将施工期限顺延了一个星期。我们定下的竣工日期是明年6月中旬。

他们也同意增加这项条款，即，如果我病了一段时间，那么完工日期最多可推迟两周。

就这样，我们有一份明确的协议，让我有足够的时间来完成这项工作，并将限制任何关于完工日期的冲突。不管怎样，我们都要赶在他们计划搬入阁楼的时间之前完工。

到目前为止，我们讨论的大多数事项都是标准问题。但我也需要商讨那些施工文件和图纸中没有包含但仍然需要完成的部分。只有在我们谈妥那些问题，并签订合同之后，我们的交易才算是板上钉钉。

最大的未预料到的问题就是屋顶支撑。我提出的最新横梁结构方案得到了他们的批准。我已经算出了相应的报价，这笔费用是在彼得森已经接受的报价之外的。我也提到了石棉的问题，外包专业人员进行石棉操作的方案也获得了他们的批准。

我列出了开支清单。他们似乎已经预计到会出现这样的问题，因此非常明智地预留了部分预算，作为不可预见的意外开支。我也松了一口气。

我还提出需要整修直通阁楼的通风系统。也许这的确是邻居的责任，但出于安全考虑，应该加长通风管道，使其穿过屋顶。我努力向他们解释,我也不清楚应该让谁来承担这笔费用。这个问题他们应该和其他住户协商解决。我不想显得多管闲事,更不想和他们的邻居发生争执,这样对我没有好处。我有可能会被大家当成公寓的破坏分子。再说了,我也不想卷入任何争执和冲突里。

卡里和约恩明白,如果我卷入了什么麻烦,招致别人的厌恶,或引发什么负面效应的话,施工过程会变得更艰难。

彼得森一家还得决定是否更换公寓的旧电线。老的电路系统的电灯和插座用钢管连接,电线在钢管里。电工建议换掉这些东西,但会增加1.5万挪威克朗的开销。我在别的大楼中看到过类似的老管道,里面的电线都烧焦了,所以我赞成他的建议。这个项目里有大量的电工活儿,所以增加这点额外的费用并不离谱。双方都同意这个问题不着急,他们可以日后再做决定。

现在轮到彼得森夫妇谈条件了。他们已经决定自己粉刷墙壁,做一些装饰,这样做能省点钱,让费用降低一点。对此我没有意见。我告诉他们,我觉得这是一个控制项目成本的好办法,我只需要他们能提早给我合理的时间通知。这并不是项目总价中的大头。对我而言,更重要的是能够控制时间,还有我自己负责的木工活儿那一块。

彼得森夫妇希望他们自己去采买楼梯。对人们来说,楼梯和厨房似乎比什么都重要。

这是他们生活空间的一部分,他们希望能亲自负责这一块,这样他们就能在亲朋好友到访时给他们介绍自己的劳动成果,如这个是如何发现的,那个是哪家知名公司制造的,这个来自叙尔达尔(Suldal)、海斯特纳(Hestnæs)、维罗纳(Verona)、慕尼黑(Munich),

等等。楼梯是一个家的心脏地带。当你从楼梯上走下来时，往往会产生一种要去做什么大事的感觉，而孩子们会在楼梯上跑上跑下、摸爬滚打、嬉闹玩耍。

我告诉他们，自己买楼梯不但不会省钱，而且还会出现许多麻烦。当然我无所谓，我只需要发一份电子邮件给楼梯生产商，感谢他们提供报价，并向他们解释一下，我不需要订货了。

现在他们提出来的这些意见，很可能是已经经过长时间思考的，完全可以在一开始就写入施工说明书中。但这是一次谈判，而谈判技巧至关重要。所有的这些观点是按照难易程度排列的，最容易引起争议的会放在最后。

现在该揭晓谜底了。卡里的父亲在建筑供应商马克思博（Maxbo）公司上班，所以他们可以通过他以更合理的价格购买建材。这个问题有点棘手。

我解释说，为了保证我的施工质量，我需要能够保证我所使用的材料的质量。我的主要供货商是索格兰德。我和他们的关系不错，如果出现了任何问题通常都很容易解决。他们还会给我一个非常优惠的折扣，所以我能给出更合理优惠的报价。

约恩反驳说，他相信卡里父亲给的报价能给他们省下一大笔钱。是对性别角色的坚持导致约恩几乎代表卡里谈论建材和价格吗？毕竟是卡里的父亲答应帮忙的。我还在想，卡里的父亲既然从事这一行，他是否明白，这样的安排对一位建筑承包商来说是很难接受的？

我解释说，像这样一个项目，我从建材采购中拿到的提成大概是3万挪威克朗。这是我的部分收入，但这也是我采购材料、负责材料运送、处理有问题的材料、归还未使用材料的辛苦费。这个问题搁置了好一会儿，后来约恩说他能理解我，但他们愿意给我一定程度的补偿，因为我给的报价很不错，他们不想错过这个机会。

我既了解施工，也了解供应商。我很了解索格兰德的司机们，我知道要顺利运送材料需要哪种车。我很熟悉我的零售商，无须浪费时间亲自跑东跑西就能快速找到我需要的建材。这样不仅节省时间，还让人放心，并且会让整个施工过程更加顺利。

在很大程度上，索格兰德非常依赖我们这些小承包商，和他们打交道很愉快。轻松自在的氛围是很重要的，而马克思博那种缺乏人情味的气氛让我觉得自己很渺小、很没有安全感，但我不能把这个当作理由提出来。

我尽量委婉地表达我无法接受这样的协议。这让他们很难接受。钱当然很重要，但他们已经被拒绝过一次，而且他们家还有一个决策者，卡里的爸爸。他一定希望能尽一切可能地帮助他的女儿。

在这个问题上我没有商量的余地。是的，这样有可能会让我失去这个项目，但我打算坚持我的立场。幸运的是他们放弃了。但后来约恩有个好主意。他说，由于他无法从岳父那里购买原材料，这给他们带来了经济损失，这实际上是我造成的一笔开销。他说，他们希望在我提供的总价上打个折，用他的话来说，是对他们现在将承担的额外费用的补偿。他自己并没有意识到，他这是在讨价还价，因为这是他自己提出来的问题，他却想要为此寻求补偿。他想减去1万挪威克朗。从卡里的表情可以看出，这是约恩临时想出来的主意，很显然目前的情形让他觉得不舒服。

77

这 1 万挪威克朗不到总费用的 1%，从总体上来看不算什么。但我不能对他们说这个数额对他们来说微不足道，可以完全忽略，因为他们也可以这样对我说。我也不能说，这意味着他们少付给我 1 万挪威克朗，因为他们会说，这是我自己的问题，因为 1 万挪威克朗对他们来说也是一大笔钱。最后我说："我们之所以现在会坐在一起商谈，是因为你们已经接受了我最初的报价，所以我们应该维持原来的报价。"幸运的是，他们没有再坚持。

这番谈话标志着双方关系的转折。现在双方的交谈变得更严肃了。我不仅得考虑屋顶承重问题、施工问题和客户的意愿，我也得为自己打算。我第一次在客户面前展现自己的这一面，尽管这让我有点不太舒服，但在第一次商谈时就提出这些问题是很合适的。我希望我们都已经表明了自己的态度。

我们同意按照谈妥的条件签订协议，但我们搁置了一些涉及他们自己作业的项目细节，留待以后讨论，并减去了相关的费用。为了让双方放心，我们附上了一些施工说明书中没有包含的内容作为合同的附录。

到 9 点时，我们已经签好了协议，相互握手。所有人都很疲倦，但至此我们已经跨越了障碍，可以进入重点了：施工。我们已经提交了关于改建屋顶支撑结构的建筑许可申请书。并且为了争取时间，我们耍了点小滑头：我们在最终协议签署之前，将那些文件提交给了住房规划署。我将在两周之内开始拆除工作，并迁移阁楼的储藏室。

我在回家的路上打电话给达恩，告诉他我终于把一切都搞定了。达恩和我一样，也是一名木匠，也经营了一家自己的公司。我们会互相给对方打工，互相提供便利。

我们都很顽固，都不会在谈判时轻易让步，我比他更不愿意妥协。我总是抓着细节不放。尤其是如果我没有透彻理解一个方案时就更是如此，这让他有点受不了。他宁可一边干活儿一边试着解决问题，而我如果对自己做的事不太确定，就会变得犹豫不决。我力求清晰，近乎偏执，而他才能出众且充满干劲，我俩相互配合、互补，这让我们能够携手走得更远。我们磨合的结果是，我们一次就解决一件事情，但必须把这件事彻底解决。当赫格尔曼斯门的工作热火朝天地开始之后，达恩就会加入进来。

[16]

文书工作

两个星期的项目预筹时间很快就会过去，而需要处理的小问题还有很多。

办公室文书工作对小企业来说就是一场灾难，一个吸走时间和精力的黑洞。你投入的东西越多，它的吸力就越大。现在，我终于有自由支配的时间了，可以好好整理一下本年度的账目、文件，并算出未来六个月的基本开支。

我整理了几个储藏室，检查清理了我的那些工具，给它们上油，还修好了一些引线和插头。我在莫特克（Motek）的一个服务站买了冲击钻和一把射钉枪。我还在那儿买了大多数工具，校准了激光水平仪。

这叫做好准备。

我在网上查询了几个和彼得森家的项目有关的问题，并收集了一些有用的小册子，核对了一些我在施工过程中会用到的技术参数，准备了一些项目结束时要用到的文件。

我自己开发了一个很简单的图片记录系统。我会把在施工过程中拍摄的所有照片放在一个档案中，并给它们编上序号。必要时我还会加上一条简单的解释性文字，说明这张照片反映了什么问题。我通过这种方式，制作了一本容易理解又附有插图的指导手册，同时它也是一本工作内容记录手册。在项目完成时，我可以把这本记录册拿给顾客看。采用照片和文档相结合的形式来制作关于完工情况的综述，这样的资料很容易被客户理解。

如果你有意置办地产，并且在两套相似的房子之间举棋不定时，那么哪套房子所提供的施工文档最齐全，你就很可能会认为那套房子建得更好。

有专门为此设计的电脑程序，但我喜欢自己的程序，因为这够简单，而且是我自己设计的。我为赫格尔曼斯门的项目专门建了一个文件夹，把现场勘察时拍摄的所有照片放了进去。现在要开始记录这个项目的开始阶段。

在艾克贝格（Ekeberg），我安装了一扇浴室门，门洞是砖瓦匠约翰内斯开的。我告诉他，我揽到了托尔肖夫的项目，让他把这个项目记入他的日程安排中。我希望他能尽快过来施工。在我们开始建造任何我们需要小心覆盖的东西之前，先杜绝在墙上留下尘土，出现溢水之类的问题。这样约翰内斯就能更高效地施工，并且我们能节省不少时间和防护材料。

约恩答应和盖特（Get）公司的工作人员联系，这是一家有限电视和互联网公司。另外，他还需要跟电话公司的人联系，因为他们需要重新布置阁楼上的电缆。这些电缆现在固定在天花板下面，并沿着即将迁移的储藏室走线。让电视和电话公司移线有可能会成为一个麻烦事。他们成天和信息科技打交道，似乎对如何与人交流一无所知。我特意强调，需要马上和他们联系，对此约恩似乎不太理解，但他答应去做。

埃巴已经把阁楼项目提到了她的日程上。她会委派一名工人搞定所有的电工活儿。她告诉我，只需提前几天通知他们就行了。有几条电线需要尽早重新布线。地板会马上被占用，下面公寓中的部分电线是沿着楼板梁布线的。有的需要移动位置，因为楼梯井洞会越来越大。另外，由于阁楼中会有新的电线插座，所以我们还要安装新的导线管。

搬运上楼的那些建材必须被放在不影响施工的地方。有的可以放在我们不准备翻新的那一部分顶楼区域，那里除了几个储藏室之外，还有一点空余的地面空间。我借用了一个储藏室放置工具等东西。我已经根据物料的重要程度排序清单理出了头绪，知道该怎么安排索格兰德送货。由于存货空间非常拥挤，我会尽量多存放一些建材。

我把不同建材的存放位置都画在一张平面图上，这样能保证我送上去的所有材料都有地方安置。

我给索格兰德下单预约了车辆和起重机。我也会利用这架起重机把拆除的废料运下楼。完成拆除工作后，我们必须把所有的废料都整整齐齐地堆放在阁楼上，这样才能快速地运往楼下。废布料、袋装黏土、灰泥和石子都直接倒在装卸车中。这些东西都得分开。我负责收集处理少量的垃圾，把它们放在车内，然后我自己开车去倒掉。

达恩很快就要完成手头上的工作，然后马上就会加入我们。事情进展得很顺利。一天晚上，在他的孩子们上床睡觉之后，我们见了一面，一起看施工图纸和施工说明书，以便让他对这个项目有个初步的了解。这样一来，他来施工时能准备得更充分一些。这感觉就像把一块奶酪放置一段时间，那么味道会变得更好。无须他主动去琢磨，现在这个项目已逐渐在他脑中成形。

我们从头到尾看了一遍图纸和施工说明书，同时将需要记住的一些事情记下来。此外，我们还列了一份"注意事项清单"，里面记录了一些特别重要的事，其中有几项很容易被忽略。我们将我之前列的清单与现在这份清单比对，发现我列的清单有可能会将我们局限在一种思维模式中，如果我们重起炉灶再列一份，更容易发现那些被我忽略的事情。每当完成一件事，我们就从清单上划去，并加入新出现的事情。这将是我们在施工过程中最重要的清单。

[17]

受认可的承建商

在用起重机搬运东西前,阁楼里已经有一个星期的累活儿在等着我。住房合作委员会已经批准了我们的申请:将部分储藏室进行挪移,将其余的拆除。现在离计划署批准的起始日期还有一个星期,如果在批准过程中遇到了什么问题,我必须承诺维持房屋原样。我也获得了官方许可,可以在同等条件下拆除地板。我得做出承诺并遵从他们的安排。这是可以理解的。这下我有更多工作要做了,完工日期也往后顺延了一个星期。

要承揽这样的活儿,建筑商必须获得国家或本地权威机构的允许。承包商车辆上标的"受认可的承建商"就是这个意思。我没有国家机构的允许,所以每个项目都必须获得当地权威部门的批准。但获得他们的批准其实也不是什么难事,因为我有工匠执照,还有大量的工作经验。

实际上，获得中央机构的批准是参与投标的一个前提条件，但我说服了他们。我告诉他们我能拿到地方机构的批准，从而获得投标的资格。现在我们在等的就是地方机构的批准，以及开始项目施工的批准。我们已经获得了一般允许，所以一切都会水到渠成的。即便现在就开始拆除工作，也没什么风险。

约恩在和有线电视及电信公司打交道时碰了不少壁，所以拆除时会遇上许多引线。我小心地解开它们，暂时把它们挂在一边。然后，我把储藏室的墙壁切割成大小合适的"建筑构件"，把它们一起放在即将成为新储藏室的地方。我不停地测量着、计算着、切割着。

约恩告诉我，有的住户对他们的新储藏空间不满意。新储藏空间会根据规定的最低标准建造。我不会把储藏室建得太小。我需要考虑到规定的最低高度是 190 厘米。储藏室也需要设计合理，得让住户能方便存物、取物。另外，还得考虑到那些立柱、管道、烟囱、支柱和连系材。

建筑师的图纸并不详细，这意味着我们更容易在实际施工过程中灵活调整储藏空间的大小。我在地面上标出了新的储藏空间，方便我根据实际大小，即 1：1 的比例进行测量核准。这样我们就很容易利用旧储藏室的"建筑组件"建造新储藏室了。

在迁移储藏室前，先得把里面的物品全部清空。旧阁楼中堆满了杂物：成堆放置的是还能勉强使用的旧家具；各种零星的物品、纪念品、家用器具。有的住户会利用这个机会进行一番大清理，把没用的东西都扔掉。还有一些住户会把所有东西一股脑儿地搬过去。

85

我正好借机观察了人们的生活：他们是囤积狂吗？他们有什么样的品位或审美趣味？我能从他们的东西猜出他们的年龄、职业，或者从前是干什么的。总之，这能发现很多有趣的事情。我曾帮一位身体虚弱的住户清空他的储藏室。这样做对我也有好处，因为这意味着我能尽快开展我的工作。

一些住户突然发现，现在他们住在阁楼上的借口是，他们的财产就在储藏室那脆弱的薄墙之外，好像这些无论在我看来多么微不足道的东西，现在都得好好看管，因为它们是暴露在外的。老储藏室是用小挂锁锁上的，只需用铁锤一砸，门就可以打开。那些已经被搁置多年的物品，现在却被当成既脆弱又珍贵的宝贝。

有些住户把他们多年未曾过目的照片和物品拿给我看，还向我讲述它们背后的故事，然后再把它们放回到黑暗中。这样的阁楼之行真让人愉快。

在新的储藏室完工并再次装满物品后，我给它们裹上了一层塑料薄膜，防止在未来的几个月中因为施工而导致灰尘侵入储藏室。

现在，我即将改建的那部分阁楼已经全面清空了。但我还不能把建筑材料搬运上来。我拆卸了木板，拔掉了所有需要拆掉的钉子，拆下照明灯和那些大约有百年历史的老电线。我取下晾衣绳和夹在它们之间的护目镜。地板需要拆除，还要把托梁之间的尘土都挖出来，装进袋子。这里别提多脏了，我有一种在地下干活儿的强烈感觉。

从外面伸出来的钉子穿过屋顶板是挺危险的。当我专心做别的事情时会常常忘记这些钉子的存在。因此我常常走着走着，头皮和额头就被我没看到的钉子给割伤了。前几次我改建阁楼时，用一把马刀电动手锯削去了这些钉子。这样会比较好，因为脑袋上有一个伤口就够疼了，如果弄得伤痕累累，那我就像刚从战场回来似的。我的头发很短，如果满头都是血淋淋的痂和疤可不太好看。

别人建议我该去急诊室打一针。但只要没有沾上污水管的污水或尘土，我还有更重要的事要做。我还没有因此而得破伤风或败血症。

如果我成天担惊受怕，害怕自己会受伤，那么会使每个工作日都过得紧张兮兮的。人们之所以对伤口和溃疡这样担心，是因为他们受伤的概率很小。我并非天生喜欢受伤流血，但这也算是我工作的一部分。

我可以戴一顶安全帽，但这会让我的脑袋更大，那么如果在狭窄的空间里干活儿时一定会不停地撞到脑袋，比如在一个斜面天花板下。我觉得那些都是皮外伤，所以我宁可不戴安全帽。棒球帽能给我提供适当的保护，让我能避免大多数小伤。

较大的伤口或者更严重的伤是另一回事了。只要想想我极可能发生事故就让我觉得恶心。当我差点失控时，或距离桌锯的刀锋太近时，我就会马上坐下来，深呼吸，全身发抖，我的身体会产生一种强烈的生理反应。我会好好想想为什么会发生这样的事。

我累了吗？还是我的大脑不在工作上了？我想得太多了吗？是因为工作区域不够整洁吗？有时我会离开施工现场，喝一杯咖啡，阅读片刻，做一些和工作无关的事，这可能是一个好主意。

我的双手是直接接触建材和其他工作的工具的肢体。在拆卸地板时，我会戴上手套。但在干普通的木工活儿时，我更喜欢用裸露的双手，这也让我的手上频频出现小刮伤和擦伤。现在的那些新品种手套比我们以前常用的工作手套好用多了。显然，干这一行的年轻人更习惯戴着那样的手套干活儿。

我通常将指甲剪得很短，这是为了避免木屑碎片等东西嵌入指甲。如果我的手上扎进了一根拔不出来的刺，我会稍等片刻，等到快要感染时，把手浸到温热的肥皂水中，然后用针和镊子将刺挑出来。几年前我的中指扎进了一根刺，它被裹在里面形成一个肿块，但也没什么危害，我猜总有一天它会消失的。

我需要把拆下来的地板切割成一定长度，这样才能装到铲车中。为了顺利完成拆除工作，我准备了好几套不同的工具。现在我要使用一把圆盘锯。我拆卸了地板，将它们平放在不会影响其他施工准备工作的地方。

在这样的旧式公寓中，在楼板梁之间还有一层底层地板。为了隔热，底层地板上面铺着泥土。我挖掉了部分泥土，给未来的楼梯井、管道和通风设备留下空间。我把剩下来的泥土留下来了，还能继续使用。也许只要这栋大楼存在一天，这些泥土也会存在。就这样工作几天后，每次我洗澡清洗鼻孔时，都会从鼻孔里流出不少黑色和灰色的黏液。淋浴时的热气和蒸汽可以溶解我鼻腔里的尘土，我顺势擤了一些可怕的泥块出来。防尘口罩有点作用，但还不够。

在130年前，那些建筑工人将这些泥土搬上去时，他们会沿着每一层的楼梯弯道往上走。每隔适当距离设置了梯级，让他们能够承担这样的重量。现在，在其他项目中我曾经把同样多的泥土沿着相反的方向运下去，你简直无法想象这活儿有多累。在奥斯陆的建筑高峰时期，人们使用了大量泥土，建造了一幢又一幢公寓。

我在厨房吃了午饭，在接下来的几周内我还会继续在这个厨房里吃午饭。不熟悉的环境让我感觉怪怪的，有点不舒服，特别是在此刻。我干的活儿脏兮兮的，但我必须得有地方吃饭，这是我们已经商定好的。过段时间灰尘会少一些，而彼得森一家也更容易接受自家厨房变成建筑工人餐厅的事实。在不久的将来我会自在得多。我带来了自己的毛巾，把它们挂在浴室中，这样能稍微缓解一下入侵感。

明天是个大日子：建材会在明天送达。昨天，我就已经用警戒线在街上隔开了一块地方，这是为起重机和装卸车腾出的区域。我把拆下的木板清理干净，搭成了支架，并贴上了红黄相间的警示胶带。随着街道上的车辆一一消失，我扩大了这块隔离区域。我必须在有机会时尽早动手，扩张我需要的地盘。两辆装卸车和一辆起重机，一定需要很多空间。我一直在观察这条街上的车来车往，我注意到，这些车辆不会在这条街上停留很长时间。有一辆车似乎不常用，我在挡风玻璃上贴了一张字条。一个星期后车子才开走。有时我得打电话给车主，问他们能不能把车挪个地方，但这次我不需要这么做。

之后我会在屋顶上天窗的地方开一个小洞，以便把建筑材料搬进来。这个洞比窗户略大一点。在最后一批建材运上来之前，这个洞口会一直保持这个大小。我用透明的塑料薄膜封住这个洞，这样还能透点光线进来。

要把这样一个洞封上，并在需要时自如开关，这绝对需要一定经验。我在托耶恩的家中辗转难眠，听着屋外狂风呼啸、大雨倾盆，还要担心在城市的另一头干活儿，这种感觉简直就像做噩梦。周五晚上10点左右，客户打电话给我，告诉我，在我施工的地方下面出现了漏水的问题。一想到这件事就足以毁掉我一晚上的睡眠。所以我得把事情做得彻底一点、仔细一点。

我加固了洞口的底面，这样建材吊上来后，能搁在边上靠一会儿。我在室内的地面上搭了一个牢固的支架。这样我们将建材搬到阁楼之前，就能安全地把材料先搁下来。

明天需要从这个洞口运送进来的建材包括一捆捆的长木材、一大堆厚重的石膏板，还有各种各样其他的东西。我们会把它们搬到阁楼中的储藏区域。我有个好主意。让我们拭目以待，看看明天会不会有人认为这个主意棒极了。

[18]

正式开工

现在是 1 月底，自从和约恩·彼得森第一次联系至今，快 3 个月过去了。昨天我们拿到了开工许可证。如果没有获得批准，我只能推迟用起重机搬运建材的时间。如果我不能确定一切顺利，我不会买这么多建材。随着工程的进展，我不再付定金，而开始开发票。通常是每 14 天或一个月一次，具体取决于购买建材的多寡，还有完成的工作量，也就是我们劳动的价值，包括分包商按小时完成的工作量。

吊货那天我们倾巢而出。达恩、奥勒和博德早上 8 点准时来了。达恩很有经验，能随时随地处理好所有事情。干活儿时他最重视安全问题。我们得把重物通过一个狭小的入口搬到阁楼中，要注意的事项很多，因此这点很重要。

奥勒和博德都算是一家拆迁公司的固定雇员，所以他们很了解自己的工作，但有点漫不经心。他们住在老城区，没有宿醉的时候，他们的状态最好。我喜欢他俩，他们都是好人，幽默又勤快。博德一只手上的几根指节上文了一头公牛，另一只手上文个"shit"。你可以想象一下。他们今天精神抖擞，这是好事，也是必须的。我跟他们说得很清楚，大家都得机灵点、勤快点，否则有可能会被辞退。

这些年来，我越来越能未雨绸缪了。很难说这是因为随着年龄增加，我变得越来越焦虑，还是因为随着经验的积累，我越发容易发现潜在的危险。也许两者兼备。

干不同活儿的时候，事故的风险是不同的。举个例子，我一个人拿着锯子干活儿的风险，就和许多人一起吊货的风险不一样。其中的一个不同点就是，在我单独工作时，无论发生什么都只会影响到我一个人，和其他人无关。另一点就是，参与干活儿的人越多，发生无法预见的事故的概率就会越高。另外，别忘了，需要从半空中吊上去的都是一些很重的东西。所以，万一发生事故，后果会很严重。

几年前，在北部的桑德雷·阿森（Sondre Asen）的一个街区，我在把建材搬到阁楼上的时候，差点从屋顶上摔下去。那个屋顶距离地面有13米到14米高。那幢公寓大楼的屋顶相当平坦，倾斜度约为10度，表面镀着锌。那时是冬天，冷冰冰的金属表面就像冰面一样滑。

我用栏杆做了一个临时的平台，一开始还挺安全的，但开起重机的司机懒洋洋的，或者说有点傲慢，注意力不够集中。我正站在屋顶横着固定的木板上，用货物网指挥和接收绝缘材料，这时，我所站的平台上的网被钩住了，而那位起重机司机没有注意到。整个平台都被提了起来，我当时害怕极了，脑中只想着一件事：我必须跃入空中,紧紧抓住货物网,否则就会摔死在下面的马路上。就在最后一刻,这位操作员清醒过来,停止了升举。他缓缓降低货物网,我爬到里面,浑身发抖地回到阁楼的地板上。等我能站起来之后,我给自己倒了一杯咖啡,去找他谈了谈。在这一天剩下的时间中,他一直都很谨慎。

还有一次,我在屋顶帮忙时,我套上了套索,并且把一根绳子系在烟囱上,作为双保险。我应该准备好额外的安全措施,但我没有。我误以为栏杆足够安全了,但我错了。至今回想起这段经历都让我心有余悸。

这样的一些事件让我在从事危险工作时更加谨慎。我已经学会了要相信自己的判断,并且要毫无保留地说出自己的想法。

挪威健康与安全管理局的人无疑会说,我们不该在危险的环境下工作。但是,这种工作本身就是危险的,特别是在需要高空搬运重物的时候。危险是相对而言的,事故总会发生。我们能做的,就是尽量避免它们,减少事故发生的频率。我以前的老板总说,有时我们防不胜防。就算你再小心谨慎,仍然有可能发生事故,但谨慎一点总是好的。

我脑中一直想着一件事,在我的管理下不能出事,这是做每个项目时最重要的一点。如果现场有没受过训练或没有经验的人,即便他们只是过来看看,我也会特别留意。我这样格外地小心谨慎也许会惹恼别人,但我实在无法确定何时该严格把关,何时又该相信他们。此外,很多人以为一切都在自己的掌握中,那是因为他们根本就不知道危险的存在。

今天没人从屋顶上摔下来，这是首要原则；今天没人摔成肉泥或遇到任何危险，这也是首要原则。在开始工作前，我告诉大家，我们先在人行道上喝一杯咖啡，简单聊几句。最关键的是，我们要彼此照应。

运送废料的装卸车也来了，索格兰德的司机斯文带着建材于上午 8:30 准时到达。我们核对了货物和装箱单。

运来的建材少了窗户，除此之外没有问题。一共有五扇窗户，再加上那些窗户的外包装。把这些东西从楼梯搬上阁楼，需要搬运 15 趟到 20 趟。窗户很重，一扇窗户需要两个人一起搬运。没事，我们会搞定的，这不是什么大麻烦。我只是想当然地以为，车上一定有窗户。如果我们得跑腿，从楼梯搬上去，那就跑吧。

在吊货过程中，我们会用无线电联系。斯文和我确认了一下我们会用到的那些指令的确切含义。他在马路上，面向公寓楼，而我在阁楼上看着对面的方向，因此左右容易混淆。现在上下不会成为问题。我们说还好时间很宽裕，所以没必要着急。如果发生了什么不确定的情况，我们会停下来商量该怎么办。

建材降下来通过屋顶的开口时空间很小。当货物被吊起在半空中时，没人可以站在货物的正下方。因为如果货物晃动得厉害或者碰到什么东西，就会发生危险。一切都必须在我们的掌握中，必须有条不紊地进行，这是最重要的。

我不常指挥起重机，在这点上斯文比我有经验得多，所以他有耐心是好事。

我们开工了。一车建材进，一车垃圾出，起重机永远都没有空着的时候。

午饭后装卸车会被收走，不能把分类垃圾一直堆在里面，因为这些装卸车很快会被来自整个街区的垃圾装满。附近的人们一看到这些装卸车就会开始整理物品，或者扔掉不要的东西。但是，如果有人把一台电视机或塑料垃圾扔进一辆堆放着各种木料的装卸车中，那么清空这辆车的费用会高出一倍。垃圾很快就会变得杂乱无章。一辆装卸车中放没有处理过的木材，一辆车中放泥土和石子。我们得割开所有装泥土的袋子，把里面的东西都倒进装卸车中。先把塑料垃圾放在一旁，最后再倒在最上面。刚开始拆卸时，就得根据原始材料的不同，给垃圾分门别类。这样的话，回收利用这些废旧物品时就不会那么耗时，一切就会更加整洁，并且更加省时。

斯文用绳索把废料打包好，并不需要别人帮忙。博德、奥勒和达恩轮流跑下去解开绳索，并把这些垃圾倒入铲车中，然后他们再返回来帮忙把这些建材放在该放的地方。他们也帮斯文打包那些要放在吊网中吊上来的建材：各种工具、绝热材料、系固件、黏合剂，等等。我们搬上搬下忙了一整天。

最累的是要把所有建材都搬到阁楼中该放的地方：地上要铺的刨花板，防火墙要用的灰泥板，一捆捆沉重的木头：2 厘米 × 8 厘米、2 厘米 × 9 厘米的木材。在一堆 2 厘米 × 4 厘米的木材旁堆放着一些其他尺寸的木材。我们把胶合木横梁放在系梁上。事实证明这根木材的确很沉，但我们四个人合力把它抬上去了。

阁楼上的储藏室区域中堆放着系梁，我把一些木板堆放在系梁上，把地板的绝缘材料放在这些木板上。工具和配料放在储藏室。至于天窗和所有相关的物品,好吧,这些东西还没送来。

这些东西在小阁楼空间中的摆放次序是根据工作任务及其材料需要用到的先后顺序,以及各堆建材的重量和所需空间而确定的。

我们花了一整天的时间搬上搬下,装卸建材。我们卖力地工作,只在吃饭时才停下来休息一会儿。任务虽然很艰巨,但看到堆起的建材越来越多时感觉好极了。

斯文把最后一网建材吊了起来,这些都是2厘米×8厘米的木材。这些木材是最先要用到的,因此被放在地面中央。

斯文把起重机叠到卡车中。其他人把最后一批建材拉上来。而我下楼,赶在斯文出发前和他简单说了几句,感谢了他一番。

我对别人最好的赞美就是:我们一起搬过重物。没错,我说的就是字面的意思。抬着某一重物的一端,并对另一个人的动作心中有数,能感到对方的动作正通过搬运的重物传递过来,这是一种非常独特的体验。我能分辨出对方是否善于扛举重物,他们是否会照应我,还是只想着自己的负担。而且我能感觉到,他们什么时候累了。如果一个人步伐不稳,就说明他累了。沉默有时能够说明一切。任何有力气的人都该时不时地和其他人一起扛扛东西,这是彼此间增进了解的好办法。

从身体上来说,搬运工作并不复杂,它直接体现为多少重量。在你做搬运工作时要避免过多地思考周围的事情,以及与那时那刻无关的事情。不要忘了,不同人的承重能力是不同的。在我们一起搬东西时,我们每个人承担的重量不能超过我们当中最弱的那个人所能承担的重量。我们必须齐心协力。

木材

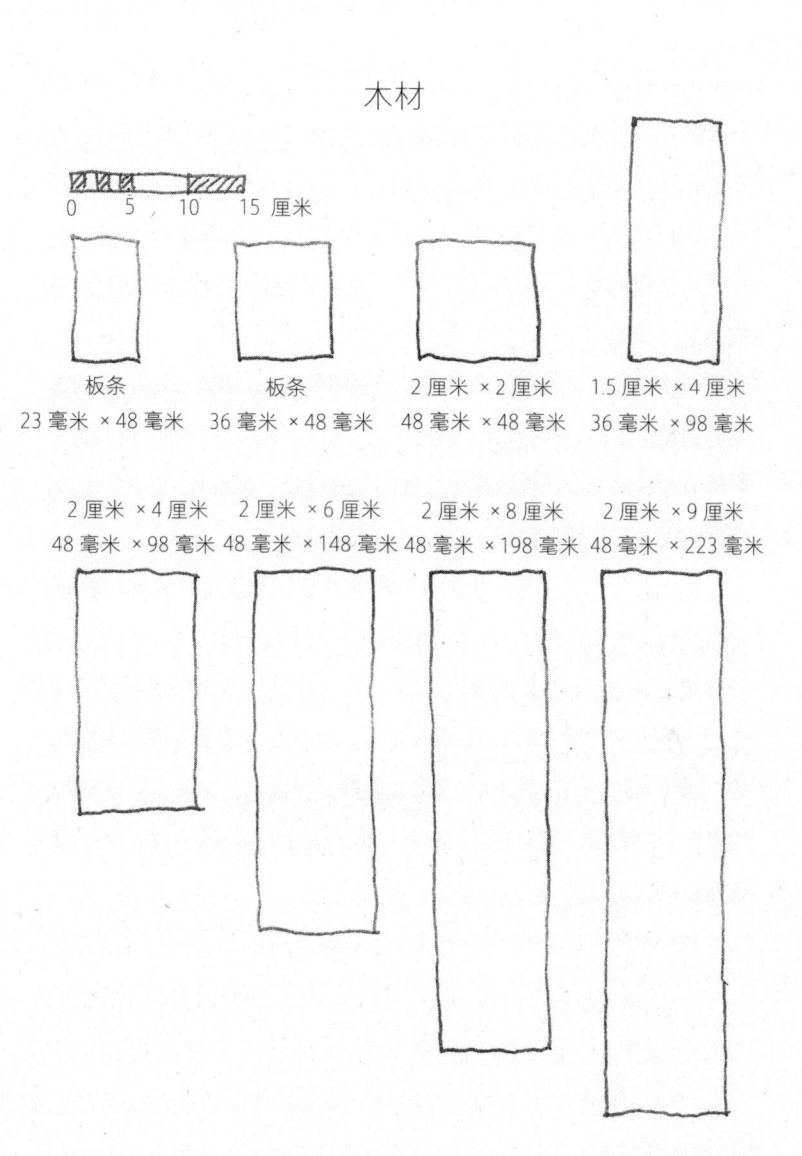

0　5　10　15 厘米

板条
23毫米×48毫米

板条
36毫米×48毫米

2厘米×2厘米
48毫米×48毫米

1.5厘米×4厘米
36毫米×98毫米

2厘米×4厘米
48毫米×98毫米

2厘米×6厘米
48毫米×148毫米

2厘米×8厘米
48毫米×198毫米

2厘米×9厘米
48毫米×223毫米

97

另一种情况是,几个人一起抬很重的东西。比如,四个人一起抬一根屋脊梁木。你的安全完全在别人的掌握之中。如果一个人掉链子,其他人就有可能会受伤。我们在合作时,总会常常发表意见、收取信息、做出改进。我们需要和别人沟通。如果我们不这样做就会出问题,那样的话我们就干不下去了。"行""等等""停""往上抬一点""我们休息一下"。

在我们控制得特别好的时候,还能闲聊几句,说个笑话。人在做需要费劲的事情、神经略微绷紧的时候是很容易被逗乐的。我们会先商量好:我做这个,你做那个。我们先这样把它搬进来,掉个头,然后就能进去了,现在放好了。行了,干得好!

这一天的成果不错,我们纯粹在干各种体力活儿:装货、卸货、安排组织、把所有东西放到该放的地方。我们干得很辛苦。现在我们得把最后剩下的一些东西收拾清理一下,而我可以封堵上屋顶的那个洞了。我已经提前把东西都准备好了,所以不需要多长时间就能做好。这一天的开销一共是 14 万挪威克朗,包括人工成本、租起重机、物资供应的费用。送到这里的建材就像给这个阁楼输了次血。好日子还在后面呢。

我们把所有灯都关了,一起离开公寓,穿着工作服去酒吧了。

[19]

酒吧里的数学课

在泰迪酒吧中,约翰和斯诺尔坐在吧台最角落里,他们旁边还有两个空的高脚凳。我们略微谦让了一下,我和奥勒也相继坐了下来。达恩从附近拿了一把椅子,博德站着。酒吧里人有点多,但不算太拥挤。过一会儿人会更多,幸亏我们来得早。

约翰和斯诺尔和他们几个不太熟,但大家都是很好相处的人,不一会儿就打成一片。我们小酌片刻,过了一会儿大家都有座位了。酒吧的服务生换班了,恩格尔和卡雷来上夜班了。

我们聊了会儿音乐。约翰和斯诺尔要去格姆拉老城区(Gamla)看 Harlan City Jamboree 和 Beat Tornados 的表演。

我们都认为 Beat Tornados 是一个很棒的冲浪乐队。达恩和我也想去,但我们还穿着工作服,所以从泰迪酒吧出来后就直接回家了。而

Harlan City Jamboree，我得说，完全是垃圾，所以去不去无所谓。奥勒同意我的看法，我们热烈地讨论起来。正在达恩试图说服我们的时候，有人碰了下我的肩膀。

我出去抽完一支烟回来后就一直站在人群的边缘，一扭头恰好看到了那个家伙——那个在几个月前对斯诺尔的职业装说三道四的家伙，他自己也穿着职业装。他认出了我们，问我是不是也是工匠。也许他看到了我身上穿的衣服，这点并不难看出来。

他这回也是下了班后来喝一杯，但他似乎记挂着什么。他看上去不像偶然过来闲聊的。他说起了建筑行业中的外国人，他说他们干起活儿来笨手笨脚的。这明显是在讽刺斯诺尔，因为他是个丹麦人。斯诺尔就坐在我旁边，这太明显了，根本不需要我指出来。

他告诉我，他刚找了几个工匠到他家里做一些翻新和装修的工作，结果却带来了无穷无尽的麻烦，家里也乱成了一团，那几个工匠永远找不到人。原来他是想聊这个。以前酒吧中也有人跟我说这些，这已经不是第一次了。

"等等，等等。"我打断他，"现在不是我的工作时间，而且我也不是做消费者权益这一行的。"

"我知道，不过一样的。"他并没有住嘴，反而谈到了更多细节，举了更多例子以说明这些工匠多么愚蠢、没用。

"这些人是谁？你在哪儿找到他们的？"

"我找的是一家挪威公司——至少那家公司取了个挪威名称，但来干活儿的却是两个波兰人。"

"你从哪儿找的装修公司？"

他是通过网络服务以及熟人的建议找到那些装修公司的。他告诉我，一共有 8 家，而且他没选最便宜的那家。

"你不觉得让 8 家公司为一个项目提供报价有点太多了吗？"我问道。

"不会啊，过来看房，给出报价，都是他们自愿的。"

他说得没错，他们都是心甘情愿来的。没人强迫他们，他们都是成年人。

"我想问问，他们给的报价有多便宜？"

"3.5 万挪威克朗，都是光明正大的。"

"那么你有向他们的介绍人了解过吗？"

他选的那家是一个熟人推荐的。熟人给了他一张名单，上面列着长长一列介绍人，但他并没有和他们联系。这又不是一个大项目。

"好吧，这活儿需要多少个小时，或者多少天完成？"

"他们用了一个星期。"

"这么说你不知道一共用了多少小时。不过两个人干了一个星期，我们就算 100 个小时吧。"

"好，听上去挺合理的。"

我累了，没什么幽默感。跟他打了个招呼后，我就去洗手间了。我在洗手间里把他告诉我的数据飞快地心算了一下。等我回来时他还在吧台。现在他在和斯诺尔聊天了，他们在聊从事建筑行业的外国人。

"你知道吗，你说的事情很有趣。现在我把我的想法告诉你。"我说，"我是说，如果你想听的话我会把我的看法坦白告诉你，但你要做好心理准备。"

"没问题,我听得进逆耳忠言。"他说道。

现在他已经没有退路了,不能让自己在这家酒吧里显得像个懦夫。毕竟这是他自己挑起来的,而且他的确说过他能承受,所以我能再逼逼他。我已经开始计算了,我很擅长做加法。我还能拿出纸笔,放在吧台上计算。

"你让 8 个人到你家给一个除去增值税后值 2.6 万挪威克朗的项目做预算。那么购买完建材后,他们还剩下 2.1 万挪威克朗作为 100 个小时体力活儿的劳务费,还有花在勘察现场和计算投标价的 6 小时的费用。

"你邀请了 8 个不同的公司来竞争一个项目,也就是说,每家公司有 1/8 的概率能得到这个项目。反过来说,如果大家都和你一样,那么他们平均得投标 8 次才能成功一次。他们得算上花在投标上的时间,也就是 48 个小时。你懂我的意思吗?"

他点点头。我继续说道:"干活儿需要 100 个小时,勘察施工现场需要 48 个小时。建筑商希望勘察现场和后续工作都能得到报酬,并能报销其他相关费用。假设他要价不高,以每小时 200 克朗的价格收取 55 个小时的费用,再算上各种开销的费用,那么很快就增加到 1.4 万克朗了。"

我问他会不会觉得老板要价太高了,他说不会。

"还剩下 7000 克朗付给替你家刷墙的笨拙工匠。那么包括节假日工资在内,他们的时薪只有 70 克朗。"

我平静而连贯地说完了这些,完全不需要停下来思考,只有在用纸笔做一些简单计算时才会停一会儿。这简直就像仔细排练过似的。

"每小时 70 克朗很可能在波兰算高薪了？"我问道，但我并没有等他回答。

"但在这儿很低廉，'低廉'这个词太合适了，不是吗？"

他看上去很平静，但我看得出他已经被我惹恼了。

"我只是把这些告诉你而已，你没必要火冒三丈。"他说。

"当然，我干吗要生气。"

我并没有露出生气的模样。我也许挺难沟通，不过这也得看情况，况且此时我还没有说完。

"不过和你一样贪心的人多的是，你们都在讲这样自以为是的故事。只要机会一来，你们就会压低工价。这样赚来的钱让你们能到这样的酒吧里，告诉我一个又一个波兰工匠如何干不好活儿的故事。

"你用含蓄的口吻跟我提起这件事，说明你知道我和他们不一样，我比他们好一些，这算是在奉承我吗？

"听着，一分价钱一分货。我觉得这句话说得有道理。你和那些工匠的问题只能怪你自己。你生我的气也没关系。我们在吧台前好好坐着，是你过来找我，所以这是你自找的。"

交谈结束了，我们之间的分歧比开始时更大。他也许很吃惊，但我一点都不惊讶。

他和他旁边那个家伙半斤八两。工匠、清洁工、街边的洗车工所遭受到的不公平待遇也是家常便饭。我们的顾客都是普通人，就和吧台的这个家伙一样，他们是谁对我来说并不重要。我更关心的是接下这个工作的工匠,因为这个人有可能就是我。

达恩回家了,约翰和斯诺尔去格姆拉老城区了。我和奥勒、博德又喝了几杯,然后各自回家了。

周末剩下的时间,我过得很平静。清点账目,休息放松,然后沿着峡湾散步,从比约维卡(Bjørvika)一直走到泽普顿(Vippetangen)[2]。

2　Vippetangen 位于奥斯陆中部的阿克斯尼斯半岛南端。文中地名为音译。

[20]

电台时刻

在人们忙着上班、送孩子上幼儿园的星期一早高峰时段,我敲开了彼得森家的大门,走进他们家中。在每周伊始和他们打招呼是个好习惯。这样他们能看到,我在过完周末后又回来干活儿了。卡里和约恩星期五去楼上看过,他们很吃惊看到我搬来了那么多建材。我之前跟他们说过,要尽可能增加阁楼的可用空间,现在他们明白原因了。廷斯和弗雷德里克饶有兴趣地看着我,一句话都不说。他们穿上了鞋子和冬天的衣服,然后我们就各走各的了。

冬天天色阴暗,阳光太宝贵了。我希望阁楼能尽快装上窗户,这样会明亮一点。装好窗户后,工作起来也会更容易、更愉快。我开始测量并标出该开窗户的地方。窗户应该位于下面公寓中那些窗户的正上方,施工规划中特别强调了这一点。直到20世纪90年代晚期,在对这类公寓大楼进行扩充和翻新时，窗户、屋顶采光窗和屋顶平台还都随意分布在屋顶周围，具体都是根据椽子的位置布局的，并没有考虑到房屋正面的外观。结束这种状态并实施更严格的措施，对窗户的位置进行管理——这些规定是根据图纸做出来的，而并非根据各种房屋中不同的支撑结构。人们不得不把许多已经开好的窗户，甚至一些屋顶采光窗重新拆下，再重新安装到正确的位置。

说到这间阁楼的情况，我挺幸运的，只有一根椽子挡住了窗户，需要被移动。屋顶周围已经有许多工作要做，多这点活儿也不算多。

我开始拆除现有屋顶构造中需要拆除的地方，以便给我需要建造的新承重结构腾出空间。我们不能一下子削弱支撑屋顶的力量，所以我一点点地砍下了支撑椽子的桁条，为新的窗户腾出空间。新的椽子位于新窗户的边上，起到加固作用。我仍保留着原来木质屋顶板不动，这样屋顶仍然是密闭且完整的。

从索格兰德运来的窗户到了，星期二晚上达恩帮我把窗户抬了上去。他还有许多自己的工作要做，但会在需要时过来帮忙。明天我们会在屋顶板上打几个洞，把窗户装上。安装屋顶天窗包括移去窗扇和玻璃，只装上窗框。窗扇和窗玻璃很重，尽管凭借自己的力量也能把它们抬到窗框中，但这可不是闹着玩儿的，两个人一起抬会好一点。

星期三上午我开车去莫特克买了一些零碎物品。我想买一把无线电钻，还有一些也许会用上的建筑用螺丝钉。现在他们正在打折销售，所以我选择开车过去，没有让他们送货到赫格尔曼斯门。最后我决定不买无线电钻了，我现在的这把还能凑合着用。

我一直开着收音机，在车里开着，在建筑工地上也开着。否则干这活儿会很孤单。在我负责的那些工地，几乎完全禁止收听商业电台。我无法忍受他们说什么都很兴奋的那副腔调，他们的主持人让一切听上去都像是一个长长的形容词。由于我坚持这点，为此已经和其他工匠争论过几次，有时我不得不做出让步。一整天收听 P.4 这样的私人电台会很无聊，所以我会收听 N.R.K.P.1 这样的公共电台。在早晨，交通情况、新闻头条和天气预报是最重要的。今天在下雪，风也很大，非常寒冷。我们今天要站在离地面 15 米高的窗口前安装窗框，想必风雪会畅通无阻地扑来，我们一定会感受到刺骨的严寒。

　　P.1 电台上说，这样的天气条件让人们赶路的时间变长了。路上发生了几次轻微碰撞事故，克勒夫塔（Kløfta）的 E6 公路上还发生了一起比较严重的交通事故，导致南向的一条车道暂时封闭了。广播中传来了小心驾驶的常规提醒，那听上去就像是在给汽车驾驶人员做祈祷，在这之后，播音员播报了最新的天气情况。

　　当他们谈论天气的时候，他们实际上在用轻快的语调说什么？天气预报和交通情况、道路拥堵情况不同，几乎完全是休闲风格的。除了早上 5:45 播报的航海天气预报和渔场上的天气通知，人们似乎很少把天气和工作联系到一起。只有在某些特殊时刻，比如暴发洪水或出现极端干旱天气时才会出现例外。但这与过去的天气预报还是相差甚远，那时候天气会严重影响工作。出海的渔民、农夫、木匠——像我们这些得在恶劣天气外出工作、别无选择的人，在天气这个话题上似乎已经无法融入主流了。天气似乎只和户外运动有关，是通过积雪的厚度、滑雪道的状态，或者是否有太阳、沐浴温度多少进行定义的。

在那些商业电台中也有这样的早晨祈祷，只不过播音员的语调更加平静、柔和，而不是像 P.4 的播音员那样过于亢奋和乐观。所以他们一开始播报天气，我就立马换了频道。说来奇怪，柔和的声音有时也会让人紧张。

在各种频道和节目之间切换一番后，我往往会选择收听 N.R.K.——挪威国家广播公司的节目。在高度集中注意力干活儿的时候，我不会留意到电台里说了什么，也会忘了切换电台。我能听懂一点萨米语（Sami），但对我的大多数同事来说实在无法忍受。我个人认为，偶尔出现萨米语能让人耳目一新。这种语言在空中飘荡着，我一字半句都听不懂，因此它们对我而言不过是一些没有意义的声音和词汇。

P.2 电台的《亚伯之塔》（*Tower of Abel*）节目气氛挺欢乐的。我能一边拿着撬棒进行拆除工作，一边听着他们讨论为什么茶杯中的咖啡比玻璃杯中的啤酒更容易溅出来。如果我没记错的话，这与泡沫和气泡有关系。我能一边干体力活儿，一边通过电台学科学。

下午我通常会听 P.13 的《拉森夫人》（*Mrs. Larsen*），我觉得很神奇，主持人卡丽·斯拉茨维恩能年复一年地做出这么精彩的广播节目。有时我会停下手上的活儿，认真收听她的节目。从 20 世纪 90 年代早期，她和别人搭档主持《伊尔玛 1000》（*Irma 1000*）后，我就一直这么做。也许有一天我该让她开张发票，弥补我这些没有预见到的收入损失。

安装窗户不会花太长时间，现在我们已经完成了所有的准备工作，我们打算装上四扇窗户，因为我们工作晚了一点。在接下来的几天中，我在室外安装了屋顶防水板，切割了屋面石板瓦。我可以站在室内的梯子上，在屋顶开口处完成这一工作，我套着套索，很安全。天气寒冷而干燥，因此我不需要担心漏水问题。

下周阳光就能照进阁楼了。虽然离春暖花开还有一段时间，但每天早上8点至9点太阳就会升起来了。春天的脚步越来越近了。

[21]

屋顶桁架完工了

"各位早安！"

今天是星期一，新的一周开始了，我和彼得森一家人打招呼。

他们还没决定好如何布置浴室的天花板，我带来了几种白杨木的榫舌和槽板样品给他们做参考。从现在开始，直到最后一批建材被送上来为止，他们有充足的时间做决定。

这个星期还会搬运许多沉重的建材，我们得通过折梯和脚手架把它们搬上搬下。这活儿很有意思，但也确实很累。

普通木板最多长 5.3 米，而椽子有将近 6 米长。我预订了一些超长的 2 厘米×9 厘米规格的木材，这样就无须拼接木材了。每根木板大概有 30 千克重，要把它们精准地排放在某个位置的时候的确挺难操控的，所以我做了"第三只手"，这样我就能独自干活儿了。

所谓的"第三只手"是一种木制设备，用来支撑和托住你要安装的东西。这种设备能提供额外帮助，所以"第三只手"是我最喜欢的职业术语之一。制作"第三只手"有点类似交朋友，就像詹姆斯·斯图尔特的哈维[3]一样。在"第三双手"的帮助下，我轻松地把那些长长的椽子都放好了。

我用激光测距仪量出了三块2厘米×9厘米木板需要的长度。然后我开始切割木板，把它抬到该放的位置，然后再同样处理另外一块木板，这块木板将作为屋子另一头的椽子。这些椽子在屋顶彼此交叉，如果把它们架在一起，就形成了一个桁架。我检查了一下这些椽子是否合适，看看是否存在误差。我已经根据前面两块木板，在第三块2厘米×9厘米的木板上标出了需要的长度，然后根据我之前发现的误差进行调整。第三根椽子会更加契合。

桁架衔接得越紧密，提供的支撑力就越强，建筑就更稳定。这样干活儿更简单也更快。我会避免把沉重的建材抬上去，然后再取下来调整长度，我能站在地面上，舒服又安全地测量和切割材料。由于各种木材的密度不同，同样都是2厘米×9厘米规格的木材在重量上会相差很多。两块同样长度的木板，一块的重量很可能是另一块的两倍。为了节省体力，我选择了两块比较轻的木板，作为最前面的椽子。

所有要黏合在一起的2厘米×9厘米木材都需要用胶水粘住，用钉子固定。我把适量的胶水涂在一根木材的表面，把两部分黏合在一起，然后再用射钉枪钉入90毫米长的钉子。这个过程就像制作胶合

---

[3] 原文未指明此句出处，约出自电影《我的朋友叫哈维》。剧中男主角詹姆斯·斯图尔特有位臆想出来的好友哈维，常常给予他帮助。正如文中所指的"第三只手"对作者提供帮助一样。

板一样。

我在原先的那些椽子上——重复了这些程序,这些2厘米×9厘米的木材会起到加固作用,从而根据工程师提供给我的那些数据,打造一个结实的屋顶。

我做好了一个屋顶桁架。挪威的建筑商用"桁架"这个词指代各种结构。他们选了一个听上去不错的术语用来描述自己的产品,尽管这个词实际上指的是别的东西。这个词是业内术语不断发展的一个例子,现在这个词已经扎稳了根,成了一个被广泛接受的技术术语。

星期四早上,我起得比平时略晚一点,做一些办公室文书工作。我希望能及时更新相关文件,虽然我总是一再逃避这个任务。只要经营一家公司就躲不开行政工作,但这样的工作又不能推动现场施工的进展。这就像我把一袋豌豆倒在地上,再把它们一颗颗捡起来,然后再重复同样的过程。至少办公室文书工作给我的感觉是这样的。

这样的文书工作不需要什么体力,所以实际上我等于休息了一天。在我感到后背特别酸疼时,我就会在施工过程中插入这样的一天。这样我就能在身体需要的时候,让办公室工作成为一种休息。这样比在周六拿枪指着自己的脑门,逼自己去做这些文书工作好得多。

星期五早上,我起床去阁楼干活儿时,前面一天的文书工作已把我的兴趣重新转移到建筑上来了。我忙着搞定那些椽子,接着固定好支撑结构。

我把一根2厘米×9厘米木板的一端牢牢固定在下面的砖结构支撑墙中。我在椽子的两侧分别固定好支架,把它们连在两根支撑它们的木板上。现在这些椽子再也不会松动了。

48 毫米 × 98 毫米

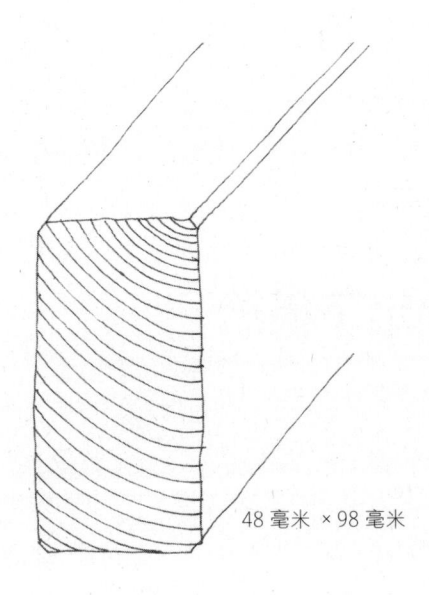

  现在是晚上 8 点，我累了。这个星期的目标是完成屋顶桁架，我已经做到了。现在可以装上支撑桁架的新横梁了。

  这样的一些目标就像工作日的一些额外的亮点。现在我有机会坐下来，想一想我已经完成的工作，体会一下满足的滋味。这既是结束，也是新的开始。我坐着环顾四周，看看自己完成的工作，这让我感觉棒极了。与此同时，我也在想，我是不是可以换一种方式去做，并且做得更好。这种感觉就像我的头脑中在开一个小小的建筑会议。我坐在这堆建材上，一边休息一边思考下一个阶段我该怎样做，特别是如何把横梁安装到位。

  是时候回家好好睡一觉了。

[22]

终于搞定了横梁

这个周末过得平静而放松。"早上好啊！"星期一的早上我们互相打着招呼，我很期待能马上投入工作，但得先摄入一点咖啡因，于是便上楼去煮咖啡。我看着这些东西，然后思考一下接下来的工作。这个星期开始的方式和上一个星期结束时一模一样。

一根6米长、180千克重的胶合木横梁放在一堆系梁上。我得把它固定在离地面4米高的屋顶椽子下面。整个周末我一直在想这件事。心里放着一件这样的事，也许会让人很疲乏。但这个周末，我铆足了劲儿准备投入新的工作。我期盼着搞定它，也期盼着星期三达恩的到来。一个人做事会很枯燥，两个人不但能干更多活儿，而且工作过程也更有趣。

目前，横梁只是一块长得难以操控的胶合木板，它即将成为整个支撑结构中的一部分。如果日后有人把它移除，那么屋顶就无法承受自重，或再承受积雪和狂风带来的压力。屋顶将会下陷，甚至坍塌。

这根横梁将以一个合适的角度，在离屋脊 1 米的地方支撑位于屋顶一侧的 8 根椽子。为了把它固定好，并让它为椽子提供最大的支撑力，我在椽子上那些衔接横梁的地方，刻了一道 10 厘米长的槽口。

屋顶甚至没有贯穿整个楼面，因此所有的槽口所处位置必须略有不同。

我用墨线把所有的槽口连成与屋脊平行的一条直线。我用激光测距仪进行核准，确保这些槽口都是水平的。这需要我上上下下地爬几次梯子，我还要搭起能不断移动的脚手架。

如果换在 20 年前，我得忙活半天才能搞定。但现在对我来说这就是小菜一碟，我只要按部就班地去完成就行了。每一步都会让下一步变得更简单。

在抬横梁时，"杠杆定律"和之前的"第三只手"一样，都是我的得力助手。我综合运用了两者，让它们一起为我效力。

我在横梁的两端，分别竖了一段 2 厘米 × 4 厘米规格的木板，在这两段木头之间架了好几段 2 厘米 × 8 厘米规格的木板，就像一架有几根横档的梯子。我把它固定在系梁上，这样它就不会倒塌了。我又做了一架这样的"梯子"，然后把这两架"梯子"放在离横梁正中一定距离的地方。这两架"梯子"也是我的好帮手。它们之间的距离，能让横梁一端的重量被横梁另一端的重量抵消。现在我能运用杠杆原理把横梁扛上去。我先抬起一端，把它架在旁边那架梯子的 2 厘米 ×

8厘米横档上,然后再把另一端也架在附近梯子的横档上。就这样,这边抬高一点,那边再抬高一点,我不用消耗太多精力。两架"梯子"之间的距离恰好能平衡横梁的重量,让我能少花点力气,而且横梁仍然稳稳的。

这是一种非常安全的抬高横梁的办法,免去了我负重之苦。此外,如果有必要的话,我也能借此机会,在这个"梯子"上将横梁移到一边,调节椽子上的槽口。

但我现在不会独自去抬横梁。明天就有两个人了,万事俱备,只等达恩来。

现在是薄暮时分了,彼得森一家人回来了。我把脑袋探进门内,在离开前和他们打个招呼。全家人都在,他们刚刚吃过晚饭。我这才发现自己饥肠辘辘,但我很快就能大吃一顿了,所以我没有理由为自己感到难过。

他们看上去很高兴,施工正在进行中,对这一家人来说,这是一件大事。我告诉他们,工程正在按照计划进行,还有达恩明天就来了,我们会加快施工步伐。

约恩一直在和盖特电视公司联系,最后终于和他们约定了时间,他们答应会上门来看看这些电缆。电视线的问题已经解决了,盖特的人会在星期一过来。

"你们要不要上去看看?"我问。

"好啊,"约恩说,"我们很期待。"

"我可以指给你们看看,到目前为止我都做了些什么,有些事情我还可以解释解释。不过你们得现在上去,因为我马上就要回家了。"

约恩和卡里开始穿鞋,但孩子们没有反应。

"不是所有人都上去吗?"我问道。

"现在上面灰尘有点多,而且有点危险。"约恩解释道。

显然他们已经给孩子们下了命令,必须远离阁楼。他们暂时禁止孩子们上阁楼了。

"没事的,只要他们小心一点就行。你们不想去看看吗,孩子们?我是说,如果爸爸和妈妈不反对的话。"

约恩看了看卡里,她转头看了看孩子们,两个孩子先看了看我,然后看着他们的父母。我干预得太多了,但我仍然保持着爽朗无私的笑容。

"呃,我想应该可以。"卡里说道,"你俩想去吗?"

廷斯和弗雷德里克从座位上跳了下来,跑向门边,异口同声地喊道:"想去!"

"你们得把鞋穿上。"卡里喊道。

"而且你们需要穿上外套,爸爸和妈妈也是,上面挺冷的。"我补充道。

在进入阁楼前,我告诉孩子们,他们不能跑来跑去,只能在我准许的地方走动。大人们也一样,但这句话我没有说。目前的情况就像我在掌舵,并且考虑到目前阶段这个工地的脏乱程度,我得说我掌舵的是一艘暴风雨中的船。

我打开门,按下总开关,所有的灯都亮了。这让他们眼前一亮,特别是两个孩子。从一片漆黑到满屋亮光,这是一个巨变。自从装上窗户后,两个大人也没有上来过。他们很可能是在故意保持一定的距离以示尊重，这样做有许多好处。有时，能安静地干活儿挺好的。

他们看着窗户、屋顶横梁、所有将横梁抬升到位的建材和我临时搭建的装置。现在地上还没有地板，只有楼板梁和泥土。给人的视觉印象就像是一堆废墟和钢性结构的混合体。屋顶结构和那些椽子向四面八方投下阴影。陈旧的建材黑黑的，带着岁月的痕迹，而新一点的建材几近白色。整个阁楼看上去脏兮兮的，都是灰尘。我不认为尘土是脏东西。尘土就是尘土。我可以全身沾满尘土，甚至到整个人都发灰的地步，但这并不等于说，我身上很脏。这是两种不同的状态。

空气清冷，天空灰蒙蒙的。目前很难把这间阁楼当成他们家的一部分。

"那儿会成为卧室。我想你俩也许会睡在那儿，对不对？"我问孩子们。

"哪儿？"廷斯问道。

我指了指，但让一个3岁半的小男孩儿明白，我指的地方会变成一个有玩具、有床、有别的一切的房间，也许并不容易。但哥哥已经5岁半了，他很乐意给弟弟解释。

"他是说那儿，那儿。"

弗雷德里克已经理解了。

"我们的床可以放在那儿，窗户边上。我们可以睡在窗下。"

阁楼窗户对他来说很新鲜，因此他希望把床放在那儿。把床放在能够看到外面，看到天空的地方，这很符合逻辑。卡里看到了他指的地方，解释道：

"那儿的天花板会向下倾斜，太低矮了，因此放不下上下铺。

也许你们可以放在那儿,那儿会是房间的一角。这样不也是挺好的吗?"

这是甜蜜的时刻。卡里和约恩看得出来,孩子们很兴奋,他们开始把阁楼当作自己的家。亲眼看到施工现场的感觉,和听大人们说起施工现场的感觉是大不相同的。

廷斯和弗雷德里克看到了我的工具:置物台上的横切锯和其他五金堆在一起的铁锤和钢角尺。弗雷德里克情不自禁地伸手摸了摸旁边的铁锤。他没有把铁锤拿起来,只是碰了碰,似乎那是什么易碎或危险的东西似的。

"不!别碰它!"约恩阻止他。

"没事,那个没有危险。"我说,"你可以把它拿起来,你可以碰它。"

"好,既然木匠说了,就应该没事。不过你该先问问他。"

弗雷德里克礼貌地问我,我告诉他没事儿的。

成年人工作时,孩子们常常会碍手碍脚的。于是大人们做出的安排是一个负责照看孩子,让他们别捣乱,另一个干活儿,这样更有效率。

"在我钉钉子、修架子的时候,你得把孩子们带出去,到公园里散个步。"

有些实用的东西很危险。好奇的孩子们喋喋不休地戳在那儿,会打扰大人们做事,让施工场所成为潜在的犯罪现场。

"哟,真重。"弗雷德里克用双手举起了铁锤。他一时无法控制自己,把铁锤砸向下面的2厘米×9厘米木板。

我这儿有许多好东西可以给他们看,所以我告诉他们,过一会儿可以试试做木工活儿。我指了指更远处,告诉他们,那里会成为浴室。我们走向那里,两个孩子沉默得近乎虔诚。

"浴缸会放在这儿,挺不错的吧?"我问道,"你们喜欢洗澡吗?"

弗雷德里克说,廷斯害怕肥皂弄到眼睛里,但他自己喜欢洗澡。

"也许有自己的浴缸会更好一点吧?"我问廷斯。

他点了点头,但似乎并没有被我说服。

"马桶会在那儿,靠着墙边。"

他俩努力地想象着未来的浴室。对他们来说,浴室比卧室更难想象,因为浴室中现在什么都没有,包括所有的管道和配件。卧室要容易想象一些,卧室中只有墙壁和天花板,还有他们自己的东西。浴室的装饰很重要。

大人有大人的眼光,小孩儿有小孩儿的眼光。他们评论了一番卧室后,这次参观就结束了。

"那行,时候不早了,我得走了。"我说道。

"不过你们可以过段时间再上来看看。我是说,如果你们想看的话。"我说道,我主要想告诉孩子们。他们说他们想看。

我从旁遮普(Punjab)甜品店买了一份印度外卖,在家中度过了一个安静的夜晚。剩余的工作有人和我分担,真好。从明天起,达恩就要和我并肩作战了。

[23]

好用的杠杆原理

我们带来了一个装满咖啡的保温瓶。虽然通常客户都会允许我们使用他们的咖啡机，达恩和我都觉得还是自备咖啡比较好。施工现场有个保温瓶感觉挺温馨的，感觉像在徒步旅行，只是少了一堆篝火，多了一些灰尘。

我们一起坐着喝咖啡，看着图纸和阁楼。横梁是第一要务，我们都喜欢干这活儿。今天我们会过得很愉快，工作相对比较轻松。最重要的是，我们终于在一起工作了。

最近我俩都干了许多力气活儿。我搬运、提举重物，我的身体已经在向我诉苦了，而阁楼的寒冷简直是雪上加霜。我身上不少地方都很酸痛，特别是在早上上厕所时。我的身体好像变娇贵了，不是某个地方疼，而是全身酸痛。等我热过身后，干活儿就会容易一点。

我抬起了横梁一端,达恩准备好了 2 厘米×8 厘米规格木材,我们启用了杠杆原理。力乘以力矩。齿轮、滑轮、嵌齿轮和撬棍,都是根据这一原理设计出来的。这是我最喜欢的原理。我不知道那些建造巨石阵的人吃什么食物,说什么语言,但我几乎可以肯定,他们一定很喜欢杠杆原理。

这根横梁有 6.5 米长。现在有两个相隔 2 米远的支撑体在支撑着它。这意味着,我们需要抬起 30 千克的重物,但即便是我这样一个全身僵硬、浑身酸痛的家伙也能轻松搞定。采用这一方法,我们能抬起和汽车同样重的横梁,如果有这个必要的话。

当横梁快到位时,我们用撬棍最后一次抬升横梁。我知道放上去会很合适,我对自己测量的尺寸和我锯的槽口有信心,然而还是会略感焦虑。我们用撬棍把它顶起,在横梁和支撑体之间放上木砧,然后横梁就嵌入了凹槽中。

"不错,"达恩说,"这次你运气不错!"

以前在我们完成了基础性工作时,我的前老板也常常这样说。我们把建筑用钉钉在所有椽子的鸟嘴形切口中,把横梁牢牢固定好。现在屋顶支撑着横梁。

我们在横梁一端的下方、楼梯井的一角,放了一根 10 厘米×10 厘米规格的木柱。这根木柱稳稳地立在那儿。横梁的另一端位于我们在砖墙中打出来的一个洞中。我们早已为它打造了一个稳稳的凹口,现在我们把钢板垫在横梁下,让横梁达到合适的高度。我们用抹面砂浆填满多余的空洞。现在横梁在支撑着屋顶了。

不难看出,现在屋脊下添装上横梁后,情况比先前好多了。我们满意地审视了一番屋顶，开始拆除索具、清理工具，进行整理和清扫。现在我们希望这里是一干二净的，或者说就一个满是尘土、塞满东西的阁楼而言，能说是一干二净的。现在我俩要一起在这儿干活儿了，得比只有我一个人单干的时候整洁一点。在你自己弄脏的地方中干活儿还能忍受，在别人搞脏的地方干活儿似乎更容易烦乱。

在一个整洁的施工现场中工作会更安全有效率，而且能让人的心情更好。

[24]

这边铲雪，那边拆除

第二天一早，达恩坐电车来了。他住在迪森（Disen）的斯托罗（Storo）北部，所以不想开车过来。虽然对我来说路并不远，我还是选择开车。托耶恩到赫格尔曼斯门之间的公共交通不怎么样，而且我们工作时能随时用车，这很方便，不过停车是个麻烦事。

现在是 2 月中旬，这种天气在奥斯陆除雪就是把积雪从一个地方扫到另一个地方。马路和人行道上的积雪被清除了，但其实积雪只是被堆到了河岸边。随后，开车的人为了把他们的车开出来，会把积雪重新铲回到路面上。这样来回铲了几番后，积雪变得更硬、更重了。为了早上能把车顺利开出来，我得清扫车周围的积雪，等我到达赫格尔曼斯门后，我得先铲除周围的积雪才能停车。晚上回家时，我又得重复一遍同样的程序，只不过顺序相反，因为在这段时间内，街道上的积雪通常已被铲过了。

我已经学乖了,我会在晚上清除我的车周围的积雪。这样就能节省第二天早上铲雪的力气,早上的积雪往往更冷、更硬。假如晚上又下雪,新雪很容易铲除。

阁楼很冷,但我们已经习惯了,穿了不少衣服。寒冷的冬季,让我的湿疹又加重了。一层又一层的衣服对皮肤有害无益。我手上的皮肤皲裂了,无论是涂护手霜还是戴手套都没用。我给最大的几条裂纹贴上了医用透气胶带,避免尘土和小碎片的侵入。如果裂痕够大就会流血。我们长了疡疮或割伤自己后就会使用这种胶带。指尖上的一个小小的伤口就会流许多血,因此我们在工作时,医用透气胶带是唯一一样有用的东西,膏药没用。可以把胶带包紧一点或多包几层,直到能止血为止。如果我们受的伤连医用胶带也对付不了,我们就得去看医生,很可能还需要缝针。如果你从事的是工伤风险较高的职业,那么很可能你心目中的"重伤"标准会高于一般人。一般来说,我不喜欢血液、伤口或疼痛,但要知道,我干活儿时和平时是不一样的。干活儿时我不太会被受伤干扰,好像干活儿时伤口不疼似的,所以我受了小伤后还是照样工作。

在完成了结构支撑的粗活儿后,我们用系固件把所有物件都牢牢固定住,并且在需要的地方钉上一些建筑用钉子。在下一次起重机运货来之前,这些碍手碍脚的建材会越来越少。不过,不久之后这里又会堆满各种碍手碍脚的建材。

我一直期盼着拆除这些支柱、连系材和多余的承重结构。我们把这些拆除的木材和建材整齐地堆成几堆。拆除了这些构件后,我们需要加固原有的屋顶椽子和墙顶相连接的地方。这回我们用铁条加固椽子，防止发生任何位移。

现在阁楼是敞开式的，通风很好，也更方便干活儿。

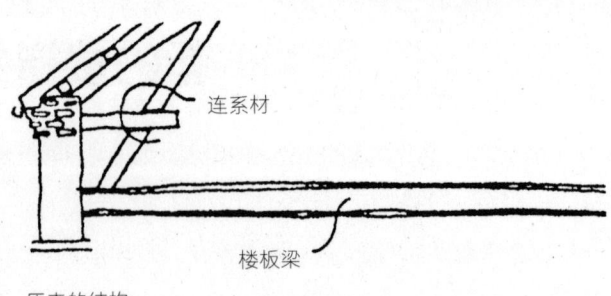

连系材

楼板梁

原来的结构

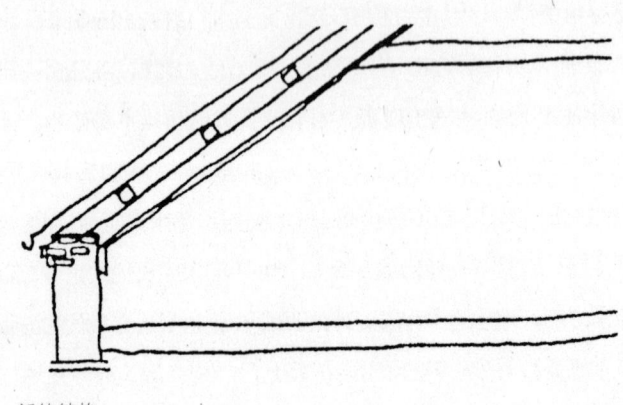

新的结构

[25]

新的楼梯井

我认为我们已经研究出了新楼梯井施工的最佳操作方法。这些年来，在完善这一方法的过程中，我们已经打了不少楼梯井洞。

我们即将打的楼梯井洞会形成一个中间地带，隔开有人居住的公寓和脏乱嘈杂的施工现场。如果没有封堵严实，灰尘就会无孔不入。隔离阁楼和下面的公寓生活空间非常重要。我们采取的办法是，在整个施工过程中，不让这两个世界连通。我们完全打开这个洞口时，只需木匠再干一天活儿，然后让油漆匠来完成他的工作，就能安装楼梯井了。这样给顾客造成的不便最少，也很适合我们的安排。

我们需要在下面公寓的天花板上开一个小洞，就开在通往阁楼的楼梯井的正中央。我们会用这个小洞进行测量，以确定开口更大的实际楼梯井的位置。

在起重机运来建材之前,我清除了未来楼梯一带的泥土,铺上了一些隔音材料。现在我们移除了这些隔音材料,达恩拿了一把电钻、一颗螺丝钉、一个纸箱和一架活动梯,去下面的公寓。

他将螺丝钉从靠近未来楼梯井正中央的地方穿过天花板,用胶布把纸箱牢牢固定在钉子下的天花板上。然后,他站在梯子上,从下面托着纸箱。这样我就在上面看到一个20厘米×20厘米的小洞,穿过地板的螺丝钉就是这个小洞的中点。由于我现在要打的洞,就位于未来楼梯井中间,我不需要顾虑下面的天花板,于是我就用一把齿状刀锋的电动往复锯开始打洞。

我捡起了我切割下的那片屋顶,清理干净洞口周围,达恩还托着那个纸箱。完成之后,达恩拆除了胶带和纸箱,我们已经在屋顶上打好了一个通往阁楼的洞,并且没有弄脏公寓。

我们把一个激光校准仪放在公寓地板上,将它对准这个通向阁楼的小洞。这个仪器会沿着水平和垂直轴发射激光,这就是所谓的自调平。所以只需用它对准上面的阁楼和下面的公寓,就能给我们提供精确的参考。

我们将精准定位新楼梯井到公寓两堵墙壁的距离。我们利用激光校准仪,测量了到楼下一面墙壁的距离,在阁楼上画出这个位置,然后同样在阁楼上画出了距另一面墙壁的距离。现在我们已经在楼下的地板上,完成了所有必需的测量工作,可以再次把洞口堵上了。达恩用螺丝钉将两层石膏板紧紧地固定在天花板上,并用胶带密封边口,防止灰尘进入。在装楼梯的人来测量高度时,还需再把这个小洞打开一次。然后就不需要再动了,直到工程末尾,我们打好楼梯井洞,等人来安装楼梯。

我们下午 1 点才吃午饭，比平时稍微晚了一点。我一个人干活儿时并没有什么固定的吃饭时间。一般来说，吃饭时间由我的胃说了算，它通常会在 11 点和 12 点之间告诉我它饿了。但有时直到下午一两点我才会感到肚子饿。然而，达恩是一个受习惯支配的人，所以我们一起工作时会尽量在 11:30 吃饭。

午餐时间，我们会避免谈论工作上的事情，但这其实很难做到。暂时抛开工作是好事，你的头脑会更清醒。我们通常把咖啡带到阁楼里喝，但是今天我们待在楼下看图纸，并思索怎样重建支撑结构。主人在冰箱里腾出一层搁板让我们放自己的食物。保温瓶泡的咖啡不错，但我们不太喜欢盒装午餐。我们切开面包、涂上黄油，这样更像一顿真正的午餐，感觉也更好。彼得森夫妇帮我们洗毛巾，洗得比我们自己更频繁，所以我们现在这样干干净净地享受美食的生活简直太奢侈了。

公寓的一面墙壁一直向上延伸到阁楼中，楼上墙面所使用的抛光剂和楼下的不同。并且我们还得考虑到，楼上墙面少涂了一层灰泥。

然而，这面墙壁在上、下两层地面上的走向是相同的，这意味着我们可以让楼梯井的开口与之平行。所以，我们在楼下用激光测距仪进行的测量为我们确定了开口的位置，而楼上的墙壁则为我们提供了方向。

楼梯井洞的规格是 1.8 米 × 1.9 米。我们在阁楼中画了一条和墙壁平行的线，这将是楼梯井一端的位置。并且在这条线的位置放了一把直尺以便测量。

为了计算直角，我们使用了工匠简化版的面积勾股定律。如果一个三角形的三条边分别是 3 厘米、4 厘米和 5 厘米，那么边长为 3 厘米和 4 厘米的两条边所形成的就是一个 90 度的角，或者说直角。根据相同的比例，我们将测量值增加到 120 厘米、160 厘米、200 厘米，形成一个更大的三角形，并在直边处形成一个 90 度角。

我们知道楼梯井洞的另一边在哪里，也就是楼下另一面墙的位置，我们已经在地板搁栅上标注出来了。我们在这里也画了一个直角，并且在距此 1.9 米的地方画了一条平行线。现在新楼梯井的开口已经标出来了。墙壁形成了楼梯井开口的最后一条边。

然后我们开始检查对角线。如果正方形内的对角线相等，那么角的角度必须是 90 度。我们必须测量、检查、再检查。我们用布满灰尘、凹凸不平的粗糙材料进行精准的测量。

在我们完成了一周的工作，放松休息的时候，我更换了一盏灯的插头。现在马上修好，总比让它烦你几天要好。

星期五是个奇怪的日子。大多数人迫不及待地盼着周末快点到来，盼着这一天早点儿结束。但我往往在星期五下午特别来劲儿，我觉得这个时候干活儿特别没有负担。一周内该干的活儿已经完成了，我做的一切都是额外的奖励。我发现我想留下来，再聊会儿天，消磨一点时间，但达恩好像没有这种想法，他想回家，于是我也出去喝汤了。

[26]

非工作时间段的"非工作"话题

　　海伦妮、斯诺尔和克里斯特在等我到了之后才点餐。据我所知，Hai 的"Huê 汤"是全奥斯陆价格最公道的晚餐。

　　海伦妮在一家日托中心照顾孩子，她就是一个幼儿园阿姨，没有受过正规师范教育，所以她说自己是一个不合格的阿姨。她喜欢聊天，言语如刀锋一般尖锐。她、斯诺尔还有克里斯特，我们一起欢乐小聚。

　　说到我们这一桌人的职业威望，克里斯特的地位最高，其次是斯诺尔和我，海伦妮最低。

　　我们聊了一会儿关于工作质量的话题。工作难度和职业地位有关系吗？工作难度和提供高质量工作的难度有关系吗？我们很快就达成了共识，因此聊天也渐渐变得枯燥起来。职业地位和工作质量似乎并没有什么显著的关联性。随后海伦妮灵光一闪,问道:"什么是质量?和产品的价格、耐用程度、功能有关吗?毫无疑问。需求?既是又非。环境?没错。"

"不!"我说,"环境,或者说是否可持续生产,和产品质量无关。"

"我说环境和质量绝对有关,我不会买有害环境的产品,就算没有那么有害。"克里斯特说,"无论是在生产过程中,还是在使用过程中,对环境有害的产品,我都不会买。"

"那么你上个月乘飞机去巴塞罗那怎么说?还有你那满是稀有金属的手机呢?你可喜欢你的智能手机了,实际上你简直对手机上瘾。"斯诺尔的评论推动着谈话。

"没错,但是我没什么别的选择。"

"也许可以不用智能手机,或者不去巴塞罗那?"海伦妮讽刺地答道。

我们一致同意找个具体的例子聊聊。我们可以讨论一个具体的产品,分析其在制作过程中使用的原材料、参与制造的人工以及其使用情况。我们选择以衬衫为例。

"如果一件衬衫好看、做工不错,并且我喜欢,那对我来说这件衬衫就够好了。"我说。

"照你这么说,你只关心你自己!"

我们又叫了啤酒,海伦妮接过话头。

"假如这样的话,你就不能抱怨干你们这行的人受到的待遇。如果你的衬衫是孟加拉的童工缝纫的,是用最有害环境的材料做成的,那么对于你们这些可怜的挪威工匠的命运,你就没什么可说的了。"

现在该我反驳他们所有人了。

"听我说,衬衫不错并不意味着可以使用童工或破坏环境。每个人都会买他们想买的东西,也有理由做他们想做的事情,就像克里斯特有权坐飞机去巴塞罗那,或者每隔五分钟掏出手机来看看一样。反正如果我知道的话,我不会买童工缝纫的衬衫。但这和童工缝纫的衬衫本身无关。他们应该根据孟加拉孩子的生活质量,进行一定的质量控制,我们这样说说很容易。甚至在我们自己的国家里,我们也没有做到这点。"

"但是我们这儿没有童工。"克里斯特说道。

"不错,但我们这儿缝制的衬衫也不多啊——不过这不是重点。我国的法律禁止使用童工。我们也有致力于环境保护的法律。在我们国家,衬衫不是童工缝制的,因为这是法律不允许的。因此我们不能评定这里的孩子缝制的衬衫的质量,因为压根儿就没有这样的衬衫。从某种角度来说,《劳动环境法》和类似的法律法规是高于消费者权益的。

"不管使用童工的工厂制作的衬衫质量有多好,我们能做的,唯有根据我国法律禁止进口这样的衬衫。我们在聊产品质量,聊着聊着却把我们的基本权利和一件衬衫挂上钩。无论什么时候,我们都不该用衣服的质量来判断我们在社会中的基本权利。"

现在我已经理出头绪来了。

"这么说,你认为我们应该用我国的《劳动法》和《劳动环境法》去衡量我们进口的所有东西?"海伦妮问。

"是的，从某种程度上来说是这样。现在手工艺行业的社会倾销问题越来越严重，我们必须做点什么。或者说他们必须做点什么来遏制这种情况。在完善的社会环境中更容易看到这个问题。在我们生活的时代，事物的起源是无国界的，这是现在一个重要又奇怪的特色。我们都是全球化的居民，环境和工作条件不再受到国境的限制了。"

这样的讨论，让我为生活在这样的社会环境中而感到高兴。尽管"花园里未必一切都是美好的"，但我们的确可以避免对他人的压榨剥削，或对自然资源的过度消耗。如果我们这些生活在相对奢侈环境中的人没有做到这点，甚至犯下错误，那会更让人失望，毕竟我们有条件做出正确的选择。不管怎样，只需要喝上一两杯，就能让我成为一个遵纪守法的人，让我们为《劳动环境法》干杯。听到我的提议后，大家都举起了酒杯。

"如果没有立法保障我们，我们会生活在一个和现在完全不同的社会环境里。如果我们无法得到这些保护，每个家长只能寄希望于他们的孩子能站在工厂大门的另一侧，换句话说，就是不在工厂里而在学校中。让我们干杯！"

"我不需要在13岁时就干建筑活儿，我的小孩儿不需要给懒惰的精英人士缝制男士衬衫，我很高兴。"斯诺尔说道，于是我们去泰迪酒吧了。

[27]

初具模样了

星期一早晨。"哈喽，哈喽。"

他们一家人周末去木屋度假了，所以在我们装上横梁、拆除支柱和连系材之前，他们还没有去阁楼瞧过。他们打算跟我到上面看一下。孩子们清醒得很，他们就算不喝咖啡也很清醒。他们把周末的越野滑雪和雪橇之旅一股脑儿地说给我听。达恩已经在上面了，他正打开电灯，准备各种工具。

约恩他们对看到的一切很满意。和规划的一样，横梁丝毫没有挡住夹层楼。地面上的顶板支护占据了不少空间。虽然现在工程还在进行中，但也能轻易地看出，去掉那些东西之后空间就开阔多了。就像他们说的那样，效果出来了。

除了图纸提供的方案，我还有几个别的方案供他们选择。但到目前为止，我还没有和他们提过这些方案。但现在他们已经看到我们是怎么干活儿的，我想他们应该相信我，能够像之前承诺的那样交付项目。他们本来打算把浴室布置成宜家的风格，但我提了一个更合适的方案。这个方案会使用层积材，耗资会比之前他们预定的方案高一点。我给他们看了草图和几张照片，照片展示的是我们为其他客户做的类似的阁楼。卡里和约恩很感兴趣，所以我答应把这些材料电邮给他们，让他们考虑一下。我建议他们，在夹层再添加一个适用于不平整天花板的宜家衣柜，这样能有一点宜家式风情，而且储物空间永远是多多益善。

按照原定的方案施工是最简单的，不会把装修过程复杂化，但如果他们能采纳我的建议，浴室会漂亮得多，我们干活儿时也会有趣得多。

彼得森夫妇走了，达恩给我俩各倒了一杯咖啡。

为了安装新楼梯，在公寓和阁楼之间，有一段楼板梁需要拆除。剩下的楼板梁需要加固，而且我们得重做楼梯开口处周围的地板。工程师已经画下了新建工程的草图，并标出了尺寸。

在这新旧交替的改建过程中，我们没有采取从下面的公寓中支撑楼板搁栅的办法，而是把它们固定在天花板上。在我们进行新的施工时需要先做这件事，这是为了避免楼板梁遭到削弱而发生位移。如果楼板搁栅发生了位移，那么下面的天花板就会出现裂缝，修补裂缝是个麻烦事儿。

我们使用的材料是 2 厘米 × 4 厘米的木板和大量螺丝钉。这些建材以后可以重复使用，因为这个组装结构是暂时性的。现在有电池供电的电钻、更好用的新螺丝钉，让我们在干这些活儿的时候有了新的选择。这样装配起来既简单又牢固。

我们在楼梯开口处的楼板搁栅下面喷上聚氨酯泡沫，这种泡沫能填补小洞和裂缝，把所有的东西粘在一起。这是我们行业的秘密武器。借助这种材料，我们就可以为这样的楼梯开一个口，同时将对下面公寓的对应区域的损害降到最低。

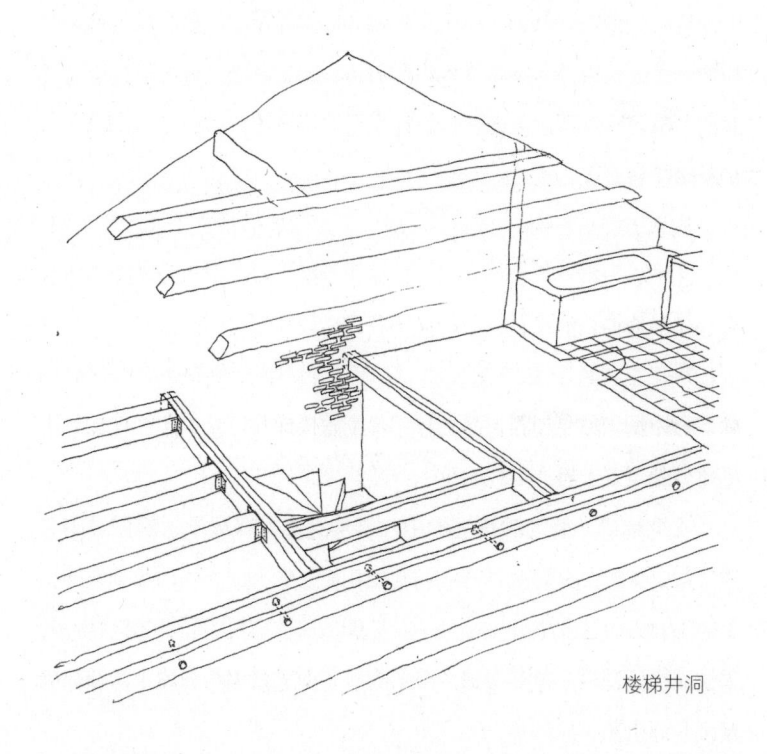

楼梯井洞

和阁楼的砖墙平行的三条楼板搁栅必须切除。它们之前所承担的重量都会转移到剩下的第四条楼板搁栅上。因此我们需要把两块2厘米×9厘米的木板黏合，并钉在第四条楼板搁栅的两端，对它进行加固。此外，在一切适用的地方，都用螺栓加固，并装上斗牛犬齿板连接件，这样就足够牢固了。

我们会在第四条楼板搁栅处安装一根和墙壁成 90 度角的托梁。托梁的一端和已加固的楼板搁栅相连，另一端枕在我们在砖石结构中打出的一个孔洞中。

我们之前做的标记，标出了楼梯井的所在位置。现在我们标出了一个更大的开口，为新楼板搁栅和石膏板留下空间，最后石膏板会遮盖住所有这些东西。如果你恰好在楼下的公寓中仰望上方，这就是我们拆除楼板搁栅的地方。

达恩放好了链锯，磨快了切割机，将楼板搁栅精准地切割下来。现在还没必要把整个楼梯井长度的楼板搁栅拆除，只需要切除一定长度的楼板搁栅，给即将装上的托梁腾出空间即可。因此，达恩从每条楼板搁栅上切除了 30 厘米左右，然后我们把托梁插了进去。剩余的楼板搁栅搁在托梁上，这是新建工程的组成部分。我们用角托架和钉子将它牢牢固定好。

在那根位于加固的楼板搁栅和砖墙之间的托梁上，我们装上了一条与之垂直、与砖墙平行的新楼板搁栅。它将成为楼梯井洞的第二条边。接着，我们装上与之垂直、向墙面延伸的第三条新楼板搁栅，这是楼梯井开口的第三条边。我们在这三面进行施工，留下山墙作为楼梯井开口的第四条边。

楼梯井开口处周围的施工完成了，公寓的天花板到目前为止仍然完好无损。在上面的阁楼中，你能看到，在楼板搁栅中有一个长方形的框架，这就是新楼梯井未来的所在位置。楼梯井周围的阁楼地面比我们动工前更加牢固扎实。

现在，那几条穿过楼梯井开口处的残余楼板搁栅已经不能承重了，因为它们已经被截断了。我们暂时把它们接合在新建工程上，这样我们就可以把刨花板搁在它们上面，它们给我们提供了一块方便施工的完整地面空间。

我们遵照防火规范的要求，隔离了这个楼梯井洞——阁楼仍然自成一体，在施工过程中得注意消防安全。隔离还能起到消声的作用，让楼下一家人免受打扰。我们收拾了一番，拆除了连接地板和天花板的暂用结构。现在我们可以铺设阁楼地板了，开始进行看上去更像新建阁楼的施工了。

[28]

城市之光

彼得森一家已经预订了预先处理过的实心松木地板。松木地板可以直接铺设在龙骨上，但这意味着现在就得铺好地板，把它盖起来。就算保护得当，在施工过程中也很难避免损坏地板，因此我们会铺上一层刨花木的毛楼板。松木地板可以等阁楼快建好时再铺。

旧地板的高度和坡度差异很大。这里的地板有 4 厘米厚，所以我们用新的龙骨铺平后，才能在上面放置刨花板。这周剩下的时间我们都花在铺平楼板上了。

星期五早上，埃巴公司（Ebba's firm）的电工比约恩·奥拉夫来铺设地板下的电线管道。他拆除了两条旧的电线管道，为楼梯井腾出了一些空间，并在刨花板下铺设了新的电线导管。我们写下了后面的电气工程的详细计划，他开了一张单子，列出了他下次需要的材料，然后就离开了。电工们就是这样的,他们要去忙活下一个项目了。

电工常常四处奔波。这样的工作方式不适合我。我喜欢待在一个地方,做那些能让我忙活一阵子的大项目。建筑行业需要各种不同的人,其中有一类人就喜欢这样四处奔走,承接各种小活儿,开着自己的车来回穿梭。比约恩·奥拉夫喜欢这样的工作,从某种意义上来说,他就是自己的老板。

维修工作给我带来一种截然相反的感觉:似乎一直有人在告诉我该做些什么。在做更大的项目时,我觉得我能管理自己的时间,进行长期部署和规划,并且有几个不同的工作阶段,我觉得这样更自由。而在其他人看来,也许这样很枯燥、很呆板。

这周很快过去了。我很满意工程在稳步推进着。有时似乎时间的流逝速度都超过了工程进展的速度。在我看来,至少目前阶段一切都很顺利。

我们喝完了最后一杯咖啡,下班了。达恩要去参加一个孩子的生日派对,他期待着能蹭点美食。这家伙喜欢吃巧克力蛋糕。

[29]

到底选镶木地板还是实木地板

星期一早上，我探出脑袋和彼得森一家打招呼。他们告诉我，他们已经看到了新楼梯井的准备工作。上周他们并没有在阁楼停留很长时间，只是星期日那天上去看了看。我想，可能是在施工期间他们试着和我们保持距离。他们考虑得很周到，不想弄得像在监督我们，而是表现出了对我们的信任。他们很友善，但其实并没有这个必要。我喜欢客户们跟进项目，对发生的一切充满好奇。如果客户表现得对我们缺乏信任、质疑我们的工作，或者说话时带着近似指责的语气，那就证明出现问题了。卡里和约恩可不是这样的。他们提问的方式让人感到舒服，还有他们所展现的兴趣也恰到好处。我非常欢迎他们多去阁楼参观，毕竟我们现在修建的是他们的家。

"这一定费了不少事儿，"卡里指着楼梯井说，"而且公寓里果然没有一点灰尘。之前你说不会有尘土时,我还不太相信呢。"

"是啊,从现在开始到施工结束都不会再有尘土了,除了我们下来吃饭会带来一点尘土之外,你们会介意这一点吗?"我略带歉意地问道。

"完全没问题,你们总得吃饭啊。"

"你们有什么问题,尽管提出来。"我说,"如果你们有什么不明白的地方尽管说,如果产生误会,弄得一团乱就不好了。有什么事随时跟我说,而且你们可以经常上来瞅一眼,看看我们进展得如何。"

利用这样的时机搞好客户关系是挺值得的,因为等到出现问题时再处理就太晚了,到时候更容易爆发争执和冲突。

我们准备从地板开始,并准备好铺设毛楼板,所以我们聊了聊他们选择的地板。他们觉得,实木地板比镶木地板更加松软美观。而且,他们也考虑到了实木地板的生产过程对环境要更加好。达恩和我都同意他们的看法,并告诉他们,我们也很高兴能有机会铺设质量上乘的实心松木地板。通常我们铺设的都是镶木地板。

选用镶木地板似乎更加合理一些,因为它铺起来更快。大多数人选择镶木地板很可能是基于这一点。但镶木地板能成为主流选择还有几个其他原因。不少大型厂商、家居饰品店和 DIY 连锁店都在大量销售镶木地板和强化复合地板。就像超市中的带骨猪排和尿不湿一样,镶木地板是他们为了吸引顾客而亏本销售的产品。

镶木地板硬度高,不容易出现擦痕和刮痕,另外还有很多人就是喜欢镶木地板的外观。我们先不去评价品位问题,实木地板通常能用更久,因为它可以抛光好几次。从这个角度来看,实木地板更加耐用，但现在我们已经不会再长期使用某种物品了。现在人们能负担得起，所以常常买新东西，而且购买过程也很方便。与此同时，人们越来越难以忍受地板磨损，因此耐磨的镶木地板成了更理智的选择。另外，镶木地板更容易安装，工匠铺设这种地板比我们铺设彼得森家的地板省力得多。诸如此类的众多因素使得镶木地板变得越来越普遍，这必然导致了懂得铺设实木地板的能工巧匠越来越少。

在此，我会使用"高价"和"合理"这类词，"昂贵"和"便宜"不合适，掺入了太多人为体验因素，我只有在定价不合适时才会使用这两个词。人们常常认为，乙烯基地板比不上实木地板。这两种地板都很昂贵，我的意思是说，它们定价太高了。如果实木地板的价格很合理，那么就是"合理"的。如果乙烯基地板的供货商大幅地提高了这种材料的价格，那我得说，这种的地板就太"昂贵"了，尽管它仍然比实木地板的价格低。

这两种地板我都喜欢，它们都是合理的选择。这样的观点能让我显得不太势利。实木地板更加昂贵并不意味着乙烯基地板就很便宜。有时有大把钞票的人会想要炫富。对富人来说，保持绅士气派是和下层民众保持距离的一个省力的办法。如果你有钱，那就很省力。产品本身不该卷入这场身份、地位之争中。正如谚语所言："一个男人的家，就是他的城堡。"你去别人家里做客时，无论主人家铺的是实木地板还是乙烯基地板，你都不该把地板弄脏。

我们在已经铺平的那部分地面上，以及楼梯井洞的上方都铺上了刨花板。我们根据楼梯开口的尺寸截好了毛楼板的尺寸，把毛楼板铺在那儿。等到该打楼梯井洞时，我们只需要把刨花板掀起来就行了。现在楼梯井上"覆盖"着地板,让阁楼成为一个自成一体的小天地。

我们把堆放在还未铺平的地面上的建材搬到了已经铺好的毛楼板上,剩下的毛楼板铺设工作比之前完成得更快。一旦上手之后,我们就会越来越快,因为需要考虑的事情变少了,只要照着先前的计划做就行了。

"现在,这活儿简直在我脑子里跳起了舞。"我那个会拉手风琴的前老板曾这样说道。

底层地板安装好了,达恩跳了一段排舞(Line Dance)。但幸运的是,他的表演并没有持续很长时间,还不足以让我想起那首《破碎的心》(Achy Breaky Heart)。

现在的清理工作容易多了,我们在一定高度作业时会更加有效率,也更加安全,因为我们有一个平整的地面可供操作了。

[30]

至关重要的防火设备

　　价格过低往往意味着缺乏熟练度或是偷工减料，或者两者兼有。建筑工作的情况，就是这么简单，与社会倾销和剥削劳工之类的问题毫无关系。不过，即便你付了合理的价格，也会面临施工质量低劣的风险，但这是另外一回事。在这种情况下，价格并不是质量低劣的直接原因。

　　给阁楼修建消防设施会花费不少时间，如果偷工减料能省很多事儿。但如果不能防火，那么整个工程就毫无价值。

　　这就好比买一辆昂贵的豪华轿车时，你首先要考虑到家人的安全问题。如果已经买了优质的儿童安全座椅，但你选用的轮胎却很差，并且刹车失灵，这肯定是不行的。这个比喻还可以推向更深一层。这就像你是故意这样做的，因为尽管这辆车很昂贵，但和标价相比，还是便宜的，而且便宜得多。你可以尽情地向别人吹嘘一番——如果他们愿意听你说你花了多少钱的话，但你心里知道这车一定有问题。你用买辆破旧拉达车的价格买了一辆性能良好的劳斯莱斯，这怎么可能呢？

所以，如果阁楼非常容易失火，但造价够便宜的，那么你会怎么评价？你的脑海里一定不会出现"理智"这个词。

我们会建一堵防火墙。此外，我们会在防火墙两端的天花板下安装石膏板，并且给夹楼修建消防设施。

现有的砖墙隔开了公寓和阁楼的其他部分，这堵砖墙将作为分隔墙予以保留。我们只在阁楼中修建消防设施。

在建防火墙之前，我们在旧楼梯井和阁楼之间安装了一扇新的防火门。公寓和阁楼的其他部分，被分成了独立的防火单元，因此每个单元必须有自己的门。

一旦起火，得把火势控制在阁楼中。我们准备建造的防火墙，是根据 E.I.60 标准建造的。在实际操作中，这意味着，如果在防火墙一侧起了大火，浓烟和火焰 60 分钟后才会渗透到墙体的另一侧。

修建防火墙的办法有许多种，现有的砖墙就是其中一种。我们将建一堵正常结构的双层墙。首先建好第一层墙：2 厘米 × 4 厘米规格的板墙筋，一侧加上两层石膏板，这样墙壁就隔离好了。石膏板需要交错排列，也就是说，两块石膏板必须相互重叠，让两层石膏板的间隙彼此隔开，然后在外层抹上灰泥。

第二层墙也用同样的方式建造，它将和第一层墙隔开一点距离。这两层墙壁是一堵防火墙的两侧。

147

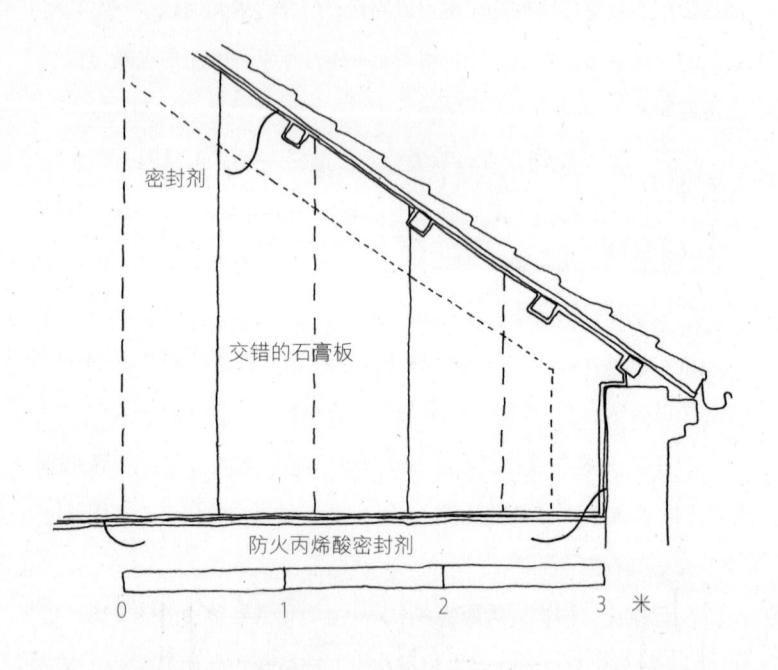

图中标注：密封剂；交错的石膏板；防火丙烯酸密封剂；0　1　2　3　米

在石膏板、天花板、墙体之间留下 0.5 厘米到 1 厘米的间隙，这个间隙用防火的丙烯酸密封。为了使它发挥作用，防止烟雾渗透，这种密封材料的宽度必须和深度构成一定比例。放好石膏板的位置，并留下合适的间隙，是建造这种防火墙的过程中最耗费时间的环节——我是指在有平行桁条的坡面天花板下的防火墙。在这个项目中，这个环节也是最容易出现豆腐渣工程的地方。

一旦发生火灾，烟雾是最大的杀手。因此，在防火工程中，如何灌入密封剂是非常重要的。做得好坏只有分毫之差。

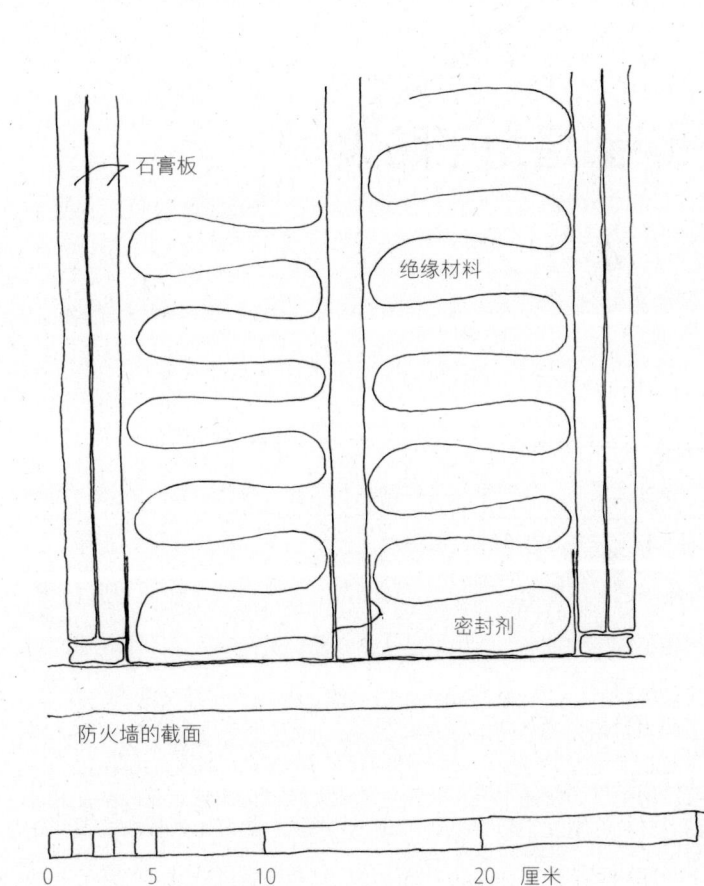

石膏板

绝缘材料

密封剂

防火墙的截面

0　　5　　10　　　20　厘米

[31]

一切都是为了防火

我睡过了头,上气不接下气地赶到了施工现场。这样开始一周的工作可不太理想。我们坐下来简单交谈了一下,然后才开始工作。如果一早就产生了压力,那么这个压力很可能会持续一整天,所以放松地闲聊是抗压的良药。达恩早已下去和他们道过早安了,因此他们知道我们已经开工了。彼得森夫妇告诉他,他们决定接受我们的建议,打造一个定制的浴室,另外他们希望地面和台面采用橡木板,天花板采用质地更轻的白杨木板。他们还希望安装适合夹楼天花板坡度的宜家碗柜。这些活儿真让人期待。

我们砌好了墙基,对它们进行防火隔离,再放上石膏板。为了方便,我们把石膏板放在两个锯木架上面,做成一张可以勉强使用的桌子。

我们标记并切割了第一块石膏板，然后切割好用于这堵墙壁另一侧的另一块石膏板。这些石膏板必须完全垂直。我们得有一个能够衡量其他石膏板的固定模板，这很重要。

在装上第一块石膏板前，我们把它一半的尺寸复制到了一块新石膏板上，这是为了做第二层石膏板。第二层石膏板将和第一层石膏板部分重叠，并从第一层石膏板的边缘再向外延伸60厘米，防止两块石膏板在同一个地方出现间隙。

然后我们安装了第一块石膏板，还在墙的另一侧安装上第二块石膏板——第一块石膏板的镜像版。

我们进入下一阶段。半块石膏板根据我们之前的半块进行复制，之前的半块是根据我们之前切割的石膏板复制的。然后我们开始切割另一块完整的石膏板。

切割石膏板、复制、安装到位、切割新的石膏板，我们通过这种方式在防火墙的两侧同时覆盖石膏板。这一方法意味着，我们进行的测量工作减少了，而复制工作增加了，这样能节省时间，也更容易对石膏板进行调整，务必做到精确。

这一复制工作需要我们对工程有一个全面了解，并系统化地施工。但如果进展顺利，能收到良好成效。我们的方法好不好，欢迎大家来讨论。正如我的前老板常说的，你无法计算没花的时间。

我们用气动填缝枪填入防火密封材料，需要用许多密封材料，但由于我们有合适的工具，很快就做完了，而且气动枪还节省了我们的力气。凡是墙体中有电缆或电线经过的地方，我们都得用多种密封材料。这样做的目的是，一旦铅融化了，密封材料能在高温下膨胀，并堵住孔洞。

我们在防火墙的两侧，分别安装了一层直达屋顶板的石膏板，并用填缝剂填满了墙壁中的间隙。我们非常小心，避免在天花板的石膏板上使用长钉子，否则会成为一个代价昂贵的错误，因为到了那时，我们就必须重新铺新的屋面油毡了。那么，我们就得从脚手架上爬上去，取下挂瓦条、顺水条、屋面石板瓦之后才能够到它，然后再替换它，最后才能把一切复原。仅仅是想象一下这样的大错误，都会让人感到痛苦。

现在防火墙修建完工了，阁楼被分成了两个部分。施工现场是一部分，当我们提到阁楼时，说的就是这个部分。另一部分在新阁楼的外面，也就是储藏室和干燥室所在的地方。自从约恩第一次和我联系到现在，仅仅过去了四个月，但新的阁楼已经初具规模了。

我们给夹楼进行防火保护，同时安装了板条，铺好了毛楼板。铺好毛楼板后，我们有了一个小小的新舞池。我把灯光扫来扫去地煽动气氛，但达恩这次不想跳排舞。

弗雷德里克把脑袋贴在门上，看着我们一言不发。

"嘿，你好！你是来检查工作的吗？"门完全打开了，还有两个人站在那儿。更准确地说，约恩站在那里，廷斯躺在他的臂弯中。

"是啊，孩子们想上来看看，他们很好奇。"

约恩把廷斯放在地上。达恩邀请他们进来。

"进来，进来。你想看看我们做了些什么吗？"

廷斯点头，指了指卧室的方向——现在那儿还没有卧室，说道："我们会睡在那儿。"

"你看到我们建造的墙壁了吗？你以前没见过这样的东西，对不对？"

他们的卧室现在被防火墙隔断了。弗雷德里克走过去，他的表情似乎在说，这里发生的一切都很奇怪。另外，他们的阁楼现在有地板了。

孩子们四面环顾了一番，达恩在向他们展示，如何用石膏在地上画画。他们的爸爸允许他们画画玩，尽管这样做会沾上点粉尘。我们大人聊了会儿工程的进展，而两个小小的督察员也忙着他们自己的工程。

达恩和我告诉他们，一切都很顺利，一切都按照预定日程进行着。我们讨论了怎样装饰浴室，还有在天花板上架设企口实木的问题。他们觉得，这样的装修太花钱了，而且他们不知道，木匠还能做这些。我知道，他们现在还不确定我行不行，于是我向他们保证，他们一定会满意的。现在我们彼此更了解了，可以开开玩笑了。

施工会议结束了，达恩和我整理了一番，不过我们打算周一再把这儿打扫干净。这周我们干的活儿够多了，建好了防火墙和夹楼，让我们很满意。阁楼中有些杂七杂八的东西也没关系，在我们度过周末回来之前，没人会上去。

[32]

咖啡店是最适合聊工作的地方

"早上好！"新的一周开始了。弗雷德里克和约恩感冒了，他们今天待在家里休息。

早上我们在清扫阁楼，把废料装到外面的铲车中，顺便整理一下各种零碎物品。

有时我们会去本特森餐厅（Café Bentse）吃午饭。现在赫格尔曼斯门的这家人病快快地待在家里，让人看着难受，所以我们今天就很适合去那儿吃午饭。达恩想吃烤猪肉，我点了肉丸和炖白菜。

那些老朋友，餐厅的常客，坐在他们的老位子上，聊着打赌、政治等各种话题。在这里工作的利安像往常一样负责活跃气氛，和客人们开着一些没有恶意的玩笑。门边，有一个家伙安静地坐着，在做自己的事情，所以没人去打扰他。但这并不是说，他被人们遗忘了，他也被照应得很好。

两个年长的本地女人走了进来，很快加入了男人们的聊天。利安和她们打情骂俏，逗她们开心，就像她们是他晚上的约会对象一样。这是我在奥斯陆发现的最棒的餐厅之一。

我们享用着美食和咖啡。我们三句话不离本行，还聊点日常生活。

我对卡里和约恩·彼得森的印象很好。他们主动做了不少事。比如，约恩整理了阁楼的电缆。还有我们谈妥并签订协议的整个过程都是井井有条的。他们希望我们给出合适的施工方案，并接受了我们做出的决定，至少我印象中是这样的。

"我很欣赏他们有什么疑虑就会直接提出来。他们在问问题时也丝毫没有颐指气使的口气。在他们那儿工作很愉快，孩子们也很有趣，大伙儿会互动。"

达恩同意我的看法，这些人挺好的。

有的客户知道自己想要什么，有明确的期望，并且如果最后的成果如他们所愿，他们会很感激你。给这样的客户工作让人愉快。

我们在讨论接下来的活儿该怎么做。我倾向于先铺浴室的地板，而达恩想先做天花板。做天花板会使用大量建材，他希望能让现在堆积在那里的建材减少一点，这样我们就不用再无谓地搬来搬去了。而先装修浴室的好处是，浴室里有许多工作要干，从工期安排的角度来说，早点开始动工比较好。拥有充裕的时间，总是一件好事。最后我们认为，即便我们晚点再开始浴室的施工工作，仍然还有充足的时间。我有点迫不及待了，这是一种反射性反应，是肌肉的无意识抽搁。耐心是我们这一行最重要的工具。目前阁楼工程进展顺利。奇怪的是，压力会在你最猝不及防的时候突然降临，即便你完全没有紧张的理由。达恩提醒我这是好事。这让我略感吃惊，因为通常情况下是我提醒达恩不要着急。

我们总是聊着聊着就发现了最好的施工方案。有两个人的好处是，更容易相互提示彼此该注意的一切。我们也许有出现意见分歧的时候，但这不会让谁觉得失了面子。我们的讨论总需要达成结论，做出决定。然后我们会采用选中的方案，即便另一个人仍然保留自己的意见。这是我的工程，所以由我说了算。达恩也希望这样。如果是他的工程，那就反过来了。我们作为一个团队一起工作，但总有一人得担负起老板的责任。

每次当我有理由将实际工作和学术工作比较一番时，我总能清楚地发现两者之间的差异。似乎那些做学术的人是在一种辩论文化中训练出来的。在这种文化中，结果和结论并没有那么重要。

建筑工地的施工说明书往往是在两周之内快速炮制出来的，就像命令一样。如果我们使唤那些有学术背景的人做这做那，他们很可能会被激怒。而且，他们也许会在搬运重物的过程中就讨论起来，把这个体力活儿变成一个学术研讨会。

服从决定、服从权威，并不等于低三下四地屈从。在结束完讨论，做出决定后，无论我们是否仍存在分歧，都该一致行动，一起搬运重物就是一个很好的例子。如果给出的施工说明书是用精致的外交辞令包装起来的，那么也许那些做学术的人会更青睐，但未必每次都有时间这样做。我屡次发现，和他们一起共事让人疲惫不堪。但也有例外，偶尔我们也会遇到让人愉快的工程师和建筑师。

达恩和我同意先进行支撑墙和屋顶的施工。我们回想了一下改建过的阁楼工程，温习一下过去是怎么做的。在回忆的过程中，我们既有正儿八经的专业交流，也穿插着自吹自擂。就像平时钓鱼一样，我们有信心，但同时我们也对自己的施工方法极为挑剔。我们还有可以改进的地方吗？离开餐厅的时候，我们已经知道该如何开展下面的工作了，并对如何修建支撑墙和屋顶有了一个合理的操作方案。我们两人的头脑中此刻都在放着同一部电影。

暖空气比冷空气更加保湿，这就是为什么一场阵雨过后，镜子上会有雾出现。玻璃的表面冷却了空气，并释放出一些水分。有暖气的房屋里的空气比屋外寒冷的空气更加湿润。当屋内的暖空气通过屋顶和墙壁流到屋外时，暖空气就会变冷，并释放出水分。我们必须保证，在屋顶和墙壁上不会重演浴室镜面上出现的情况。

如果想要了解在挪威如何建造房屋，那么清楚这点是最基本的。可以说，严重的错误必然会带来严重的后果。如果建筑工匠忽略了这一点，那么一栋房屋会在几年内霉烂得一塌糊涂。

房屋外部必须有一定的防御措施用于抵抗恶劣的天气。例如，在屋顶上铺设石板瓦，或者在外墙上镶板。在这个表面的后面应该有一层空气，让水分和冷凝物消散。在这后面是防风材料，再往后是隔热材料。为了避免受到屋内温度的影响，再往里面通常会有一层塑料片材。具体使用的建材可以有所不同，但原理是相同的。

显然这样的施工会让室内的温度环境变糟，但如果处理得当，室内环境仍能保持良好。很多时候我不得不向客户解释，两者之间存在什么样的关联。在恶劣天气穿合适的衣服——我们的施工理念与此类似。这个类比常常比长篇大论地解释热力学更容易理解。在这个屋顶上已经有新的板条和屋顶石板瓦，以及护套和薄膜。这能起到防水防风的作用，并且像 GORE-TEX 的夹克[4]一样透气。换句话说，屋顶的最外层已经完工了，现在，达恩和我准备做低天花板，进行隔热处理，并加上石膏板。

---

[4] GORE-TEX 是美国的一款服装品牌，以其良好的耐用度和防水性受到消费者的青睐。

[33]

知不足而奋进

做直的东西比做弯的东西容易。如果你有铅锤、水平仪、直角尺和几条直线，你就赢在起点线。弯曲的东西是无法控制的。把本来应该是直的东西做成了弯的、不对称的东西，实际上是相当怪异的，因为它没有逻辑可言。

按照正确的方式施工需要知识和技能，然而这样做其实更容易。那些光看表面就很粗制滥造的活儿会让我怀疑其内在的质量。我会猜测在那些看不到的地方，施工完成得怎样？隔热和通风做得好不好？或者，是否存在其他的泄漏危险？

大多数人会说，粗心大意和投机取巧是造成劣质施工质量的最常见的原因，但我不这样认为。我觉得造成劣质工程的原因是缺乏专业知识和技能、没有充足的时间，以及管理不善。如果你找了一个不熟练的工匠，再加上时间紧迫和一个不愿跟进项目的工头，那么很可能会出差错。如果还有语言障碍和低价竞争的问题，那整个项目就会乱成一锅粥。

我们在阁楼中画出了笔直的起始点，这是我们工作的起点。好的工艺始于第一条用激光水平尺和 3:4:5 的直角比例弹出的墨线。从很多方面来说，开始阶段的工作是最艰难的，因为需要考虑很多问题，并做出许多决定。

为了评估施工质量，我们必须超前考虑。

不精确的情况是不可避免的。何时该多花一点时间保持精准，何时可以继续干活儿，这些都是经验，很重要。我和达恩性格各异，但彼此信任，也许这是我们一起合作的基础。我们相互取长补短，集思广益。有时我们也会热烈地讨论，因为某一时刻适用的思维方式，也许到下一时刻就不适用了，我们受益于两种不同思维方式的碰撞。这样真是美好啊。当我回到家，我会为我们都做出了贡献，推动了工程进展而高兴。在这样的时刻，我觉得我应该感谢达恩，因为他不仅接纳了我，还坚持了自己的意见。

错误是不可避免的，但摒弃错误是愚蠢的。不够精确未必是问题，除非不精确的情况太多。"当山谷里的错误在舞会上遇到村庄里的错误时，就会有麻烦。"我的前老板过去常说——他自己来自山谷和村庄之间的某个地方。

经验教训告诉你的最重要的一点是，你自己存在缺陷，你的知识体系存在漏洞。这并不容易，毕竟不知道的事就是不知道，那么我如何能发现问题呢？我什么时候应该停下来想一想？什么时候该上网浏览一下，或者打电话给同行的专业人员、建筑师或者工程师？

知道自己的不足是一个工匠最大的优点。

我可以把这点告诉学徒们，但他们必须从实践中习得，因为归根结底这需要时间和实践的积累。

犯错误是了解你不知道什么、你做不到什么的最佳方式。只有通过犯错误，你才能了解自己在做的事是多么重要。一家公司如果能容忍员工犯错误，且同时监督学徒的工作质量，避免发生弥天大错，那么这就是一家好公司，一家能让你学习进步的公司。

说来奇怪，一个好的工匠常常既充满信心，又似乎缺乏自信。专业水准似乎来自人格分裂，他们的信心仿佛正源于他们的不确定。他们想要避免错误的愿望恰恰来自不断产生的一连串问题。这些问题来自过去的经验，它们能帮助一个工匠发挥他的全部潜力。

我的前老板常说，做弯的东西的人不是对自己太有信心，就是对自己不够怀疑。我们在辩论时，他就像一堵花岗岩，而我充其量只砸下了花岗岩上的一些碎片。他和自己辩论时最厉害。过了一段时间之后我发现，他对自己的要求更严格。他就像一堵花岗岩，让我们可以安心倚靠着他。

[34]

再仔细的木匠也会出岔子

现在地板已经平整了，地板就是我们的笔直起点。我们也会利用屋脊的中央，把激光测距仪放在屋脊中线正下方的地面上，这样我们就找到了这两个中点。我们用墨线连接了这两个点，在地面上标出了屋脊的所在位置。

然后我们根据地上的这条线测量支撑墙，画了一条和第一条线平行的线以确定支撑墙的位置。另一面墙在浴室中，我们以后再说。

对这样的阁楼改建项目来说，支撑墙是一个非常特别的部分。阁楼原来是敞开式的、通风的，现在要被墙壁和天花板封闭起来。支撑墙墙壁和屋面椽条、屋顶板连接的地方，很容易滋生霉菌或发生干腐。木头腐烂就够糟糕了，而真正的干腐是毁灭性的。如果你施工不善，那么最糟糕的情形就是，你就等于在建造一个微生物滋生的温室，那么问题就不是会不会出现损害，而是损害会在何时出现。

墙壁的防风和防潮问题也需要仔细处理，以防止水分渗透。此外，通风必须恰到好处。在隔热层和砖墙之间，我做了一个特别宽敞的通气孔，有 10 厘米而不是 5 厘米，这样更便于让新鲜空气进入这个通气孔。我早早地就雇人在砖墙中钻了几个孔，洞是从阁楼这边钻的。这样钻孔时产生的垃圾比较容易处理，因为水可以充当冷却剂。

这些孔洞能让屋内保持良好通风。打好洞后，需要在户外安装栅格，覆盖住这些孔洞。这得用上移动升降台，不过现在不着急，我们会等以后没有积雪了再进行这项工作。另外，我们还雇了一个人去做屋顶上的其他工作。

我突然想到一件事：项目说明书中没有提到支撑墙的通风问题。我当然知道这是必须的，但我之前忘了核实。我希望彼得森一家会承担这笔费用。当我跟约恩说这件事时，他有点不高兴。我注意到我在向他描述这一工作的必要性和相关费用时，他的表情有点勉强。我们必须尽快做决定，在这一点上他和我的意见一致。他说，他会马上和建筑师联络。

达恩和我继续完成手头的工作。我们把计划改了一下，建墙时打开防风层，这样方便在墙上钻孔，随后我们再把防风层紧紧密封起来。

我们在做地板下的隔热层时非常小心，以避免出现冷桥。冷桥就是一个会将外面的冷空气传入室内的区域。墙体立柱建在地板上的钢履带中，并和上面的屋顶椽子紧密相连。现在墙壁为屋顶施工奠定了良好的基础。

163

在墙的每一端，我们从屋顶往下量出 30 厘米，并将它标记在立柱上。这是天花板的厚度和隔离层的空间。由于天花板是弯曲的，所以我们调整了我们做出的两条标记线，让它们保持水平。我们沿着整面墙的长度弹出了一条墨线。天花板和墙壁之间的边角，或者说角度，都会在这里出现，现在它是完全垂直和水平的。

我们沿着在支撑墙墙体上弹出的墨线拉了一条可弯曲的钢带。现在在天花板和墙壁连接的"角落"有一条钉条了。钢带只有 10 厘米宽，中间穿了孔，我们可以把它弯曲成需要的角度。尽管这种钢带主要适用于螺丝钉和石膏板，但我们仍然用"钉条"这样的术语指称这样的钢材。通过这种方式建造的边角非常稳固，石膏板之间不会出现断裂。

钢带就像天花板的基座，在上面施工很容易。

天花板有一个 36 度的斜坡。山墙和别的地方一样，适合作为起点。我们根据支撑墙上的钢条，把 2 厘米 × 4 厘米的木板安装到墙上，并用鱼雷水平尺找到 36 度角。我们在房间另一侧的防火墙也进行同样的操作。我们在每块 2 厘米 × 4 厘米木板的上下两端，离木板表面 1 厘米的地方用钉子钉上一根细线。然后我们可以用细绳调节 2 厘米 × 4 厘米木板直到它们平直。现在，天花板的底部有钢条定位，两边有 2 厘米 × 4 厘米木板定位，所以我们星期一可以直接开始作业，不需要再磨蹭了。

我们收工了，等着过周末。达恩回家了，我决定留下来，让彼得森夫妇和我一起看看目前的施工进展情况。卡里的父亲也过来了。他们把咖啡和丹麦酥皮饼带上了阁楼。我第一次见到卡里的父亲，但卡里告诉过我,他以前也来看过。当时他说,我们干的活儿看上去不错。卡里说,他爸爸这么说就算是赞扬了。现在他有机会看看施工过程、楼梯井建设的照片,并称赞我们在打楼梯井洞时避免给楼下带来尘土和脏乱的方法。我们聊了聊今后的施工情况,他还问了一些细节,如浴室地板和墙壁的防水膜。我们聊得最多的是,这个阁楼完工后会是什么样子。我为忘记支撑墙上的通风孔一事向卡里和约恩道歉。他们说他们能理解,因为知道我要考虑的事情很多。卡里说,改建阁楼比她之前想象的步骤要复杂得多,所以我如果忘记了什么并不奇怪。他们愿意支付打孔的费用,这不是问题。

廷斯和弗雷德里克在附近跑来跑去,参观那些工具和建材。他们向我借了一把锤子和其他几样东西,我答应了。他们被几块小木头吸引了,用锤子敲打着木头,讨论着能用木头做些什么。

"一艘船。"廷斯说道。他发现了一块一端被切成了某个角度的边角料。他把一小块木头放在上面,充当船的驾驶室。现在就连我们成年人也能看出这是一艘船了。弗雷德里克拿起锤子,在外公的帮助下,把驾驶室钉到了船体上。我告诉他们,可以在他们未来房间的地板上画画。他们用一支铅笔,在他们认为该放床的地面上画出了一张床的轮廓,还有要和他们一起住在这里的一匹摇摆木马的轮廓。和彼得森一家的施工会议结束了,他们在阁楼中又待了一会儿,而我先回家去了。

[35]

精工细作是必须的

星期一的早上，闹钟响了半小时后我才醒来，闲散的周末就此结束。我不该再这样睡懒觉了。春天已经来了，但我仍然能感受到漫长隆冬带来的后遗症。

我把脑袋在门口晃了晃，得到了一声不同寻常的"早安"。我一到，孩子们便大叫起来，不让我离开，非要让我看客厅地板上那艘他们自己做的船。外公帮他们在船上又添上了桅杆和帆。他们告诉我，春天他们要去小别墅中开这艘船。

"或者你们也可以在新浴室的浴缸里开这艘船。"我建议。

他们觉得这是个好主意。之后，我便走上阁楼。我们关于浴缸和帆船的讨论在公寓中飘荡着。

达恩和我继续干天花板的活儿。我们在屋脊周围做了一个暂时性的钉条框架，然后用束带将这个框架扎紧。

我很高兴之前预订了一些超长的 2 厘米 × 4 厘米木料，现在它们能从屋顶表面的顶端一直延伸到底端。我们很容易就把它们铺设好了，每两块木板之前相隔 60 厘米，木板上端顶着那个钉条框架，一直铺到离我们的钢基座大约 60 厘米的地方。我们沿着一侧坡面天花板的中线，用束带拉直所有的 2 厘米 × 4 厘米木板，并将它们紧紧固定在吊在屋顶和椽子之间的框架上。这样我们就做好了一个误差最小的吊低屋顶。

我们将我们标在地板上的屋脊线复制到顶端的钉条上，沿着那条线调整好角度，沿着天花板的内屋脊钉好钉条。新的内屋脊将成为吊低新天花板表面的起始点。

我们花了几年的时间才想出了这个吊天花板的方法。据我所知，没有人采用同样的方法。同样，我们打楼梯井洞的办法，还有我们干别的活儿的办法也都是独一无二的。以前我们从别的工匠那里学会了一些方法，然后达恩和我又把这些方法改进了一下。这些典型的手艺活儿都是在实践中找到诀窍的。工匠必须自己摸索门道儿，找到好方法。当然，如果别的工匠有更好的方法，我很乐意继续改良我的。

虽然向别人学习很重要，但经验是因人而异的、个人化的。我有自己的经验，或者说，这些经验已经和我融为一体。如果有来生，我并不想成为什么重要人物，我宁愿带着自己过往的所有经验，一次次重生为工匠。这样重生几次之后，我就能对所有事了如指掌了。但我希望每次重生时，都能换上新的脊背。

修建屋顶的复杂度只需看一下需要使用的工具数量就能一窥端倪。我们需要用到鱼雷水平尺、激光校准仪、激光测距仪、卷尺、折叠尺、曲尺、墨线、细绳、直尺、测绘用的铅笔。

吊低屋顶

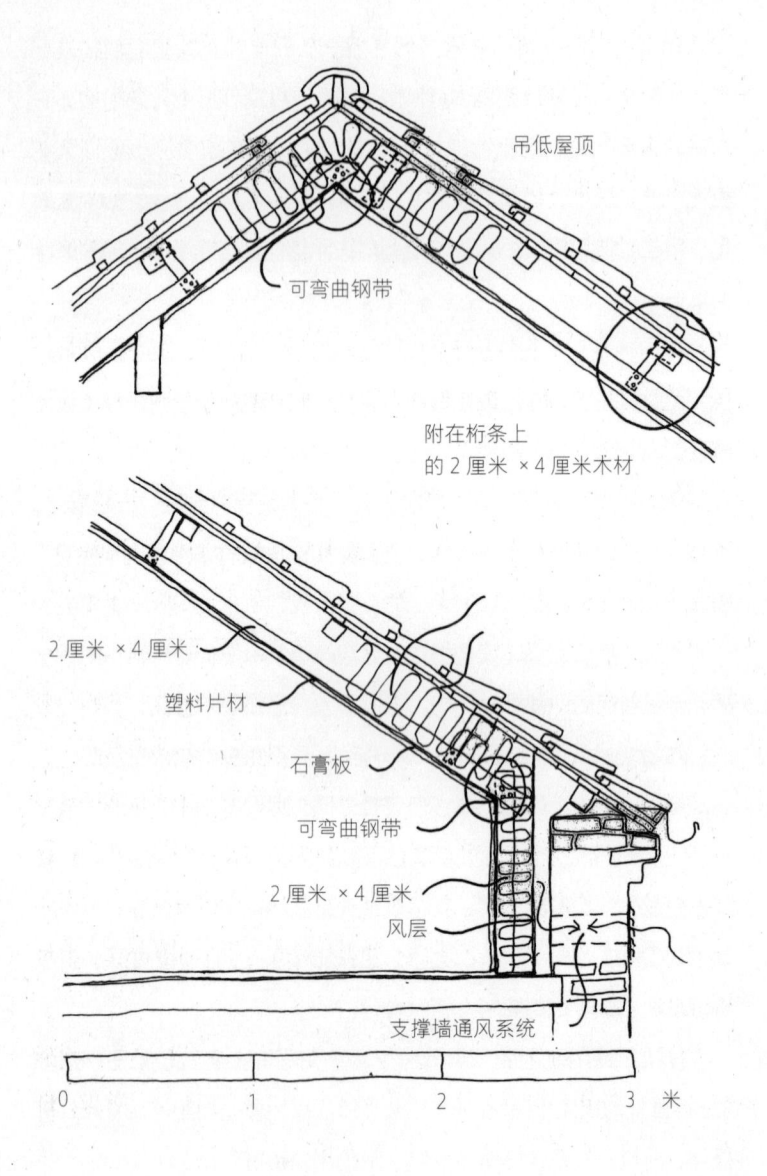

可弯曲钢带

附在桁条上
的 2 厘米 ×4 厘米木材

2 厘米 ×4 厘米

塑料片材

石膏板

可弯曲钢带

2 厘米 ×4 厘米

风层

支撑墙通风系统

0　　　1　　　2　　　3 米

测量、计算和精准这些概念都很通俗。过于精确固然不可取，但由于马虎懒散而做得歪歪斜斜更不可取。不同行业对精度的要求是不同的。钣金工需要达到 100% 的精确，甚至更高的要求，我需要保证毫米级和厘米级的精度。泥瓦匠对精度的容忍度，比木匠略高一点。工匠对精度的要求也依据具体情况而定。不同的活儿需要不同的精度。

精工细作并不是一种教条主义，而是必须的。在我的职业生涯中，我也遇到过一些不重视精确度的人，他们认为这是对个人自由的限制。他们常常自以为这是在追求自由，事实上用挪威话来说，他们"把什么都煮成了一锅汤"。他们认为，优良的手艺传统无异于向权威低头、向权力臣服，他们希望能自由发挥。在我看来那叫为所欲为，而这些人永远不会成为优秀的工匠。

"一锅汤"这个表达很可能来自厨房。这个比喻很恰当，因为如果你在一个专家级的厨房中做饭却违背基本的烹饪之道，那一定会出乱子。烹饪这一行特别重视原则。不少厨师多少都有点疯狂，但他们不会用自己的疯狂来愚弄你。好的厨师都很专业。也许这一行的难度、紧张的工作环境、对时间和节奏的高要求吓退了不少人，否则所有喜欢烹饪的人都会被吸引过去。

想要标新立异，你得先知道什么是正确的。没有这些知识就会变得太随意，就像买彩票一样。

一方面拥有独立性，另一方面认可权威和纪律，这就是手工匠这一行最大的优点之一。

[36]

准备修建浴室

堆积的建材越来越少了,这是一件好事。不少建材都已陆续派上用场,现在只有零散的几堆了。现在是 3 月底,与去年 11 月和约恩·彼得森的初次沟通时的情形相比,这个阁楼的面貌已经今非昔比了。鸟儿在外面唱起了歌。这个冬天我的湿疹随着气温变化多次反复,现在已经基本好了。春天快来了。

我们的物料快用光了,需要新的建材。我们没有足够的建材把浴室那边的整个天花板吊低,但我们还有足够的建材进行最重要的施工:垒墙基和部分支撑墙。

有多少物资,我们就干多少活儿。很多地方需要钉上小钉条,我们用垒支撑墙、吊低天花板时剩下来的边角料完成这些工作。浪费建材就是浪费钞票。还得把剩下来的东西当成垃圾运走,多麻烦。如果你灵活一点,那么剩下的废料就能少一点,这样能省下不少钱,这是我们能为节约资源、保护环境做出的最大贡献。这就像是我梦中的景象：我有一个巨大的、笑意满满的小猪存钱罐，但我投进去的不是硬币，而是零碎的建材。为了让这个梦境秉承环保理念，这只小猪可以是自由放养的。

支撑墙的通风计划获得了批准，彼得森一家将负责相关费用。我也松了一口气。我们并没有发生任何争论，也没有来来回回的麻烦，约恩就这样把事情解决了。我在电话中告诉约恩，我需要建筑师发送一份电邮给我，里面需要有关于这一施工措施的书面描述，内容包括孔洞的尺寸、数量和位置。听到这些，约恩发出了轻微的嘟囔声。在建筑行业里，这样做才行得通。我得保护好自己，所以别无选择，只能麻烦他去做这些。

我已经打电话给尤卡，问他是否能来打通气孔，他说随叫随到。事实上，在这个问题刚刚出现时我就立刻给他打过电话。他在一家大型建筑公司上班，但我只和他个人直接联系。和不同公司的人建立私交会很方便，也更容易办事。有时他们会同情我们这些在小公司干活儿的人，并愿意伸出援手帮助我们。

尤卡拿出了他的大型喜利得（Hilti）机械，结果一大早这东西就被弄坏了，他只得重新再去拿一个，于是早上的大把时间都被浪费在交通上了。今天他得替我干活儿，除此之外他还得去完成另外一项工作，对他来说今天一定格外漫长。他用芬兰口音的瑞典话嘟囔了一句，但仍然保持着愉快的心情。我去确认了一下防风覆材是封好的，可以给支撑墙做隔热层了。

星期五早上，托马斯来做管道装修。他是个好人，活儿干得好，也很容易合作。但他这个人特别容易出意外，大多数意外是发生在他自由支配的时间中。他常常在尝试了某件他不熟悉的工具后，弄得自己一会儿上石膏，一会儿绑绷带。例如，一台电刨床就能让他受伤。我简直无法想象，水管工和电刨床……我们已经完成了拆除和打洞这些准备工作，所以现在托马斯能马上铺设管道了。

他安装了淋浴室的排水道和马桶的排水口。

所有的主排水道、污水管都需要通风。当你冲马桶、水冲下排水道时，弯管中的水会产生吸力。如果没有完全用水封住，下水道的恶臭就会飘进公寓里。给污水管通风就能避免这种情况发生，臭味会从屋顶上散发出去，并被风吹走，不会影响到任何人。稍后我们会给通向屋顶的管道加上盖子。目前，托马斯已经完成了这一阶段该完成的所有工作，现在我和达恩可以装修浴室了。

修建一间浴室涉及大量的工作，包括多个专业领域的多重任务，它需要木匠、管道工、电工、泥瓦匠、油漆匠和涂膜专家的通力合作。修建浴室需要所有这些人的参与，并按照正确的顺序进行施工。一个新的浴室造价约在 25 万挪威克朗，如我们现在要建的这个。哦，考虑到地板、天花板和墙壁的一些基本工作（这些都是整体阁楼改建的组成部分），一间浴室的实际造价往往要高于这个数。

人们对装修浴室的那股疯劲儿是工匠们经常谈论的话题之一。如果有人报价只要 14 万挪威克朗就能建造一间同样的浴室，那么这个浴室如你所愿的可能性微乎其微。那 11 万挪威克朗是从何处节省出来的呢，是从建材上，还是从工钱上？

覆在通向地面的斜坡上的防水膜需呈环形贴紧，地面防水靠的就是这个。约翰内斯提起过一件事：有一次因为防水膜粘在了排水道的外层,以至于他不得不拆除那个刚刚建好的浴室,重新开始施工。其实这种情况比你想象的更常见。为了杜绝漏水,在彼得森家的浴室中,我们把水池、洗衣机和淋浴地漏的排水管铺设在一层防水膜上,并添加一种特殊的防水材料。铁丝网铺设在排水管上,地下供暖电缆铺设在铁丝网上,待地面浇筑好后,这些电缆将处于中间位置,能够均匀地传导热量。

瓷砖表面呈坡度铺设,这样淋浴时流下的水就会流到排水道中,浴室的其他地方都向主排水道的方向倾斜。如果有人抱怨他的浴室里都是坑坑洼洼的积水潭,那是因为他家浴室地面铺设的瓷砖没有向主排水道倾斜。

星期五我们用起重机吊上了一批新的建材上来。这些都是我们预订的,这次又是斯文负责运送。

这次运来的建材体积比上次更大,现在所有用于屋顶和墙壁的隔热材料都运来了。我们把隔热材料放在储藏区的系梁上,以及任何能放得下的地方。我们把浴室面板、石膏板、系固件、黏合剂、密封剂、塑料片材和许多零星物品都搬了进来,还有约翰内斯要用的浴室瓷砖和灰泥。起重机帮上了大忙。

用于地面的灰泥重达1.2吨左右,如果每袋灰泥重25千克,那么就有将近50袋。如果让工匠一趟一趟地搬到阁楼上,那得走上50趟。此外,还得搬运瓷砖和黏合剂,差不多还得再跑50趟。

这次我们没有把废料分类,而是把所有废料都扔进了一辆铲车中,这样会比使用两辆半空的铲车便宜一点。但铲车仍然没有装满,所以我们让彼得森一家丢一点他们自己的垃圾进去。今天为了清理废旧物品，约恩很早就下班了，博德帮他搬了一张沙发和一些较大的物品。

现在我们有大量的新建材，足够我们忙活一阵了。我们已经完成了这么多活儿，又补充了这么多新材料，这让我们有一种走上正轨的成就感。一切都值得表扬。

今天我们要吃蛋糕。我在一家烘焙店门口停下，买了肉桂卷和奶黄包。托马斯订了汉森烘焙屋（Baker Hansen）的千层饼。这么多人聚在一块的机会可不多，而且今天是星期五，所以我们打算好好聚一下。约恩给我们煮了咖啡，我们在一堆建材上开了个小小的茶话会。

我封上了屋顶的孔洞，又一个星期的工作结束了。这将是我第一个空闲的周末，连文件工作都没有。

星期六，奥勒和我一起去钓海鳟鱼。天气预报说，这将是风和日丽的一天，我们计划了今年的第一次"旅行"。今年我们都已经钓过鱼了，但我们依旧把这次旅行当作开启美好春日钓鱼之行的起点。我们充满了信心，虽然鱼儿并不会因此而更容易上钩。钓鱼时信心很重要，就和干活儿时一样。

奥勒总觉得换一个位置一定比他现在站的地方更适合钓鱼。他换了好几个位置，他似乎更喜欢挑战那些难以涉足的位置。这次他从一块石头上走下去，由于误判了海水的深度，结果纵身一跃跳进了齐腰深的海水中。我还是第一次见到有人穿着防水裤站在冰凉的海水中。由于冷水刺激的缘故，他大口喘着粗气，如同在陆地搁浅的鳟鱼一样。我们帮忙倒掉他靴子里的水，他喝完剩下的咖啡。在开车回来时我笑了一路。我们虽然没有钓到鱼，但钓鱼时发生的趣事让我们的这次旅程过得丰富极了。

[37]

处理各种琐事的一周

星期一早上,我和彼得森一家打过招呼后便开始新的一周工作。周末的钓鱼之旅让我的头脑特别清醒。今年我还是第一次骑车来上班。通向托尔肖夫的上山路有点难骑,但我会渐渐适应的。从现在开始直到夏天结束,是选择骑车还是选择开车,这个问题将会成为我每日计划的一部分。如果工作日需要用货车,我就开车过来。除此之外,我选择骑车,不过在我想要偷懒的时候就作罢。

骑车意味着不需要依赖公共交通,能给我一种自由自在的感觉。结束一天的工作后,我把腿架在车架横梁上,要比搁在货车方向盘下更有一种完成工作的喜悦。

支撑墙和浴室同样长。浴室是长方形的,约有 10 平方米。在浴室一侧,我们将沿着山墙摆放浴缸。另一侧是马桶和淋浴的位置,也就是靠近现有楼梯井的墙边。沿着支撑墙会建一个台面，将洗衣机和烘干机放在上面。台面下还有一些储存空间。将浴室和阁楼生活空间隔开的那堵墙壁旁边是浴室门和水池。

我在地上铺好了刨花板，所以我俩能在浴室中施工。浴室现在是开放式的，我们把阁楼的其余部分当成我们的建筑工地。达恩之前在忙着把钉条钉到阁楼的天花板上，现在也来到浴室中了。

我们吊低了浴室的天花板，垒起了墙基。地面上的防水膜需要往墙上延伸20厘米，防水膜上会覆盖一层通向水泥地面的防潮板。现在就等覆膜专家明天来了。

这个阶段的活儿，涉及许多小平面上的施工。浴室、小钉条以及一些琐碎的小事占据了这周的大部分时间，甚至星期四的一整天。现在我们继续保持着慢节奏，我的耐心就像圣人一样，达恩也是如此。

我们一起做那些单调的工作时会经常聊天。这样的工作并不特别紧张、费力，所以只要我们不在意完成的工作太少，这个星期就很轻松愉快。

星期五达恩在家里做文书工作。由于安装防水膜会产生烟雾，不适合呼吸，所以这个时候躲开是个好主意。我早上去打个照面，告诉专业覆膜的人员该做些什么，他需要准备一会儿。这时做楼梯的木匠来了，我们赶紧利用空气还没被污染的时间测量尺寸。

昨天离开前，达恩和我抬开了遮盖新楼梯井的刨花板。我先挪开隔离材料，然后抬起了遮盖通往楼下公寓天花板的小孔的石膏板，这个小孔是我和达恩之前测量尺寸时用的。做楼梯的木匠站在下面，测量了公寓地板和阁楼地板之间的距离，精确到了毫米。我把石膏板和隔离材料都放了回去，然后这位木匠帮我一起把刨花板抬回原处。

黏合剂的味道越发让人难以忍受，所以我决定回家去做一些文书工作了。

当天晚些时候我过去看了一下，给浴室地板做封闭水试验，以此测试防水膜的质量。我先把一个气囊放在排水道中，气囊在里面逐渐膨胀起来，然后封住了排水道。我通过淋浴室的软管从公寓中引水过来。很快，浴室的地板变成了一个小小的游泳池，水深达10—15厘米。我们会蓄一夜的水，这样才能确定是否防水。

约恩和卡里来瞧了瞧灌了水的浴室地面，显然我们很重视防水问题，所以他们也很放心。

星期六下午我又过去检查了一番，没有出现水平面下降的迹象，也没有其他的漏水迹象。我拿掉了气囊，将地上的水排干。

[38]

品位问题

"不试就不会赢！"我的前老板是赌马长大的，这是他每周一早上打招呼时说的话。现在这句话也成了我和别人打招呼时的常用语。

星期四比约恩·奥拉夫在做地板采暖工程，星期三约翰内斯在浇灌浴室的地板。在浴室的水泥凝固之前，这里没有什么木匠活儿可做。我们不能冒着损毁防水膜或供热电缆的风险去工作。

达恩周末去滑雪时扭伤了膝盖，但他还能干点轻活儿。我们钉好了最后一条钉条。我负责钉那些高处的钉条，达恩负责钉低处的钉条。他膝盖僵硬，活动能力受限，因此我一整天都在叫他"Long Dan Silver"。我还跟他说，他有一条好腿还是有两条好腿其实并没有什么区别。

现在可以把带有镶边的威卢克斯屋顶窗安装到位了。我不喜欢这种屋顶窗，我那些住在城里的客户很少会选择它。这些屋顶窗看上去有点单调，乏味的白色表面、柔和的曲线，而非鲜明的棱角。而且，在这种窗的周围和天花板相接的地方有一圈镶边，但我更喜欢石膏板那更为锐利的线条。从视觉上来看，顶楼已经有一大堆东西了，如横梁、斜面屋顶、边边角角，还有砖墙，所以简洁的屋顶窗应该是最佳选择。我们希望能像我喜欢的那样，用石膏板给屋顶窗镶边，但并非由我说了算，卡里和约恩想要这样的窗户。

市中心和市郊的装修文化存在着巨大的差异，即便两地之间只有20分钟的车程。离市中心的距离越远，差距就越大。威卢克斯镶边就是一个典型例子，离奥斯陆中央车站越远，这种镶边就越受欢迎。而天花板镶板和仿木质的密度板是另外两个典型例子，这样的产品在郊区更受欢迎。石膏板深受城里客户的喜爱，但在农村却被认为太素了。

造成这些差异有众多的因素，经济也是其中一个因素。离市区越远，房屋的价位通常没那么贵，或者说更加合理。手工产品有时比预制产品更加昂贵，因此和那些郊区住户相比——那里的房屋每平方米的单价更低，城市居民更舍得为价格不菲的公寓多花一点钱。

这也和建筑行业的特点有关。城市里有着形形色色的顾客，工匠则更多。因此工匠的专业化程度更高。大城市里的工匠能干的活儿比小地方的工匠多得多，此外，小地方工匠的人数也要少得多。

另外，这还关乎品位问题。城市里的人受过高等教育，具有所谓的"文化资本"的人较多。他们不喜欢普通的住所，而在他们圈子里，人们普遍认为密度板太普通了。说来矛盾，很多人需要坐一段火车才能抵达奥斯陆市中心新建的白色歌剧院，他们反而认为光秃秃的白色抹灰墙太普通。

我个人更喜欢抹灰墙，但我能理解那些喜欢密度板的人。我住在城市东部的托耶恩，但我是从外地来的，所以我也算是同时受到了两种文化的影响。作为一名工匠，我对手工匠的活儿青睐有加，对付钱给我做手工匠活儿的人倍感亲切。就像有些人说的，最重要的是家中有让我们挂帽子的地方，并且生活因此能让我们心情舒畅。

窗框镶板的钉条没有那么好钉。现在天花板加上了隔热层，已经相当厚了，而窗框的镶板很深。我们让镶板内侧呈斜面，增加内侧开口处的宽度以便让更多光线照进去。其顶部是水平的，底部是垂直的。最后的成品可能会让你想起城堡上的炮眼。

我们按照镶板的角度切割石膏板，把这些模板放在凹槽中，再根据这些模板放上钉条。只要做一次，我们就能知道所有窗户镶边的角度。

镶边得美观一些，但窗户周围也需要隔热材料。我们展开的镶板内侧说明填塞隔离材料的空间较少。我们用灵活的钢条充当钉条对此做出补偿。钢条不占隔离层的空间，我们操作起来会很迅捷，也很精准。

诸如窗户钉条这样的一些细节工作花费了我们大量的时间，而客户看到时也许会认为我们的工作陷入了停滞状态。我喜欢在需要时去做一些这样的小活儿，而达恩往往比我缺乏耐心，他更加迫切地想要取得进展。因此，把这样的零碎活儿放在一旁，等着做一些视效更明显的工作对他更有吸引力。只要我们有劳动成果，具体做什么其实无所谓。但我认为，在一些细节问题刚冒出来时赶紧处理掉是更加理性的做法。长时间地一次做一件事会感觉很枯燥，所以把工作分散开来做较为可取。

我们工作时客户并不在现场，没看到我们在做什么。而我们花费时间最多的活儿也常常是客户不理解为何需要去做的活儿。于是他们就会觉得，我们让他们失望了，我们没在好好干活儿。所以我常常会跟他们解释，我们具体在做什么，或许还会夸张地描述一下我们在做这些花时间的工作时是多么疲倦和乏味。

如果某一工作需要花费大量的时间，那么让客户理解我们实际上有多卖力就更加重要了。我曾经就因为客户没有看到或不理解我做的事而和他们发生冲突。在那种情况下，任何一张支票的数额似乎都大得不合理。没有和他们解释清楚是我的责任吗？也许是。但向别人解释他们完全不了解的事也并不容易。

彼得森夫妇挺好的，他们一直都是有问题就问，并且在遇到问题时会仔细考虑。他们能在需要时果断地做出决定。当我想向他们展示我们在忙活什么时，他们也会来看看，因此我们对项目的理解力能够保持同步。

卡里和约恩来了，与他们同行的还有建筑师赫洛夫森。他们想让他来看看工程的进展情况，以便再次确保一切顺利。他会从专家的角度，评估最重要的工程质量。我已明确表态欢迎建筑师来访。我们通过几次电话，我已经解释过项目进展情况，并向他描述了随着工程进展我们即将选用的一些方案。在跟彼得森和我分别通过话后，建筑师认为一切尽在他掌握中，他不需要专程来看。建筑师会按照时薪收取到现场督察工作的费用，所以如果一切顺利，那么这就是一笔不必要的开支。但卡里和约恩仍然希望他能来看一看，这样他们能更安心。

针对目前的实际施工情况，还有我拍的照片的情况，我和赫洛夫森讨论了一番，卡里和约恩在一旁听着，不时提出几个问题。我们特别关注的是支撑结构、浴室，还有支撑墙，因为这些都是肉眼看不到的隐蔽工程。如果处理不妥会带来极大的隐患。手头上的这些照片给我们提供了不少便利。

在赫洛夫森设计好施工图纸之后，有一部分工程内容已经得到了确认。我们让他浏览了一下被选中的施工方案，比如，浴室的内部装修、天花板的山杨镶板、夹楼定制的宜家家具，等等。他说，这样装修会很漂亮。建筑师对工匠已完成的工作表示欣赏。还有许多活儿要做，项目按原计划在有条不紊地向前推进。赫洛夫森见过不少施工现场，他说我们的项目做得不错。我们在向正确的方向前进，客户可以放心了。

对我来说，这可以看成是对我的宣传。既然赫洛夫森已经亲眼看过我们的工程质量，那么他也许会把我们推荐给他的客户，如果他愿意的话。

[39]

砖瓦匠和木匠,到底谁更辛苦

达恩和我正忙着钉钉条,比约恩·奥拉夫来架设浴室里地下供暖的电缆。完成之后,他继续给天花板铺设电线管道。电线管道里已经接好了电线,他轻而易举地把这些电线管道安装在吊低的天花板的 2 厘米 × 4 厘米木板上,并将把它们固定好,这样这些电线管道就不会晃荡或下垂了。

如果电缆安装的位置离一栋建筑的垂直墙面太近,离墙壁、屋顶的寒气太近,那么电缆里面的空气就会过冷,水汽会在电缆中凝聚,这就和漏水或水流入接线盒里一样。但目前来看,电缆周围的隔离层很厚,所以没有这种危险。

在安装电源插座时,电工有一个把所有电缆集中在一起的接线盒。这是一个可以追踪的网络结构,同时还能控制它们所连通的电路。安装电线的那些规则也不是随便就制定的。

我常常对电工们说，他们的工作很容易，只要做加减法就行了。当然这活儿并不容易，但他们确实应该受到一些惩罚，因为他们留下的电线到处都是。我觉得，他们在接受专业训练的第一天起就被积极地教导不要把电线收拾整齐。

彼得森一家听从了多做一些插座、避免使用延长线的建议，他们还希望把公寓中的老电线都重新收拾一下。在比约恩完成工作后，彼得森一家的电力系统将得到全面升级。

星期三，约翰内斯和他的学徒古斯塔夫带着他们的强制式搅拌机来了。这个设备很重，但他们两个人能搞得定。他们看到即将使用的建材都已经用起重机吊上来了，觉得很高兴。但或许古斯塔夫更高兴吧，因为如果不是这样，大部分的搬运工作毫无疑问都得他干。

在建筑行业里，究竟是砖瓦匠辛苦还是木匠更辛苦，我说不上来。许多砖瓦匠并不轻松，他们需要大量搬运重物。我把我们这两个行业看成兄弟行当，和金属工人一样。或者它俩是姐妹行当？这两个行当都具有悠久的历史，无论是在体力上还是技术上都有许多共同之处。

用强制式搅拌机处理这样的小活儿相对比较方便操作。这种搅拌机能很好地混合水泥，这点很重要。很多砖匠把水倒入装水泥的麻袋中，然后胡乱搅拌一下就去砌浴室的地面了。他们认为只要把里面的东西完全浸湿就行了，这样炮制出来的混合物就可以用了。这样的东西质量完全不行。

如果水和水泥的比例出现了错误就会造成严重的后果。此外，温度也很重要。由于水泥很快就会变硬，会导致水泥和墙壁交界的地方隆起。干水泥的质量也参差不齐，即便使用测量桶也无法保证比例正确无误。你必须得保证水泥得到充分搅拌。

上述这些因素都很重要，出现的差错越多，问题就会越复杂。知识总是逐渐积累的，而在某些情况下，这是要付出高昂的代价的。无论是对工匠，还是对整个建筑行业来说都是这样。搅拌水泥的问题又充分说明了这一点。

除了倒向一边或不垂直之外，还有其他问题。砖瓦匠的工作和化学有关，有点类似于厨师和他们的酱汁的关系。

他们按照略微向排水道倾斜的坡度砌好了水泥，并在淋浴间挖了一个有瓷砖那么厚的地坑。约翰内斯负责安排一切，他的学徒在一旁学习。约翰内斯抬起水泥层的金属丝网，把网放在中间，这样既能起到加固作用，也能在加热水泥层时让发热电缆充分发挥效用。需要将浇筑在上面的水泥好好压紧实，一旦出现气泡就会导致里面的电缆过热并烧坏。

约翰内斯把一层塑料薄膜覆盖在地面上，让水泥混合物慢慢变硬，不至于太快干燥。明天我们会给地面上浇水，湿润水泥，再把塑料薄膜放回去。

[40]

恐高的匠人

星期四我借了一个移动升降台，这样我们就能安装屋顶上的三个通风盖子，还有支撑墙气孔的格栅了。我们必须现在就动手，必须在我们从内部隔离并密封屋顶之前就做好这个。

在我去取移动升降台时，达恩在屋顶上准备安装通气孔盖的地方打了几个孔。他可以在室内做这件事。他切割并移开屋顶板，其他的工作等我回来再做。屋面石板瓦搁在挂瓦条上，它们是水平的，而顺水条是垂直的。抽走下面的屋顶板后，达恩就可以从阁楼中将屋面石板瓦移到一边，并挪开需要被移动的两种板条。我会在下面的马路上看着，确保在他施工时下面没人走过。如果有一块屋顶石板瓦掉在了路人的脑袋上，会让我们声名狼藉。即便没有受过专业培训，我们也知道这一点。

我有点恐高，因此达恩负责操作移动升降台。他很大胆无畏，至少在我眼中如此。我很高兴他能高空作业，因为我永远没法上吊篮，无论你付给我多少钱。

他在户外操作，而我留在阁楼内，通过屋顶的那些孔洞，给他递送需要的建材和工具。通风盖和胶合板箱都已经做好了，可以送上去了。我们以一个正确的角度，把它们安全地送了上去。

钣金工彼得来测量屋顶需要的额外包板材。他会在工厂里做好这些，明天再把东西带过来。他根据屋顶板的大小调整包板材的尺寸，并把它们安装到位。与此同时，我们用屋面油毡覆盖了这些胶合板箱，确保在此过渡期间，屋顶是安全封堵上的。达恩还把支撑墙通风孔的格栅都安装到位了。

星期五早上，彼得再次露面，他完成了屋顶上的活儿。在他离开时，还帮忙带走了移动升降台。他会顺路将移动升降台还给租赁公司。能把这些不用的东西都清理掉简直太好了。

等我们再次开始在浴室中施工时，水泥已经变得足够坚硬了。

浴室的承重墙将是一面双层墙，把它建好很容易。最远的那面墙壁已经和阁楼其他地方的墙壁一样做好了隔离层，并覆盖了聚乙烯材料。我们会在这堵墙的旁边垒起浴室的墙壁。在这些墙壁中间，不需要填入隔热材料，并且这两层墙之间的空间，必须保持良好通风，否则就会凝结水汽。在我们封堵墙壁和天花板之前，水管工和电工必须先完成他们的工作。

水管将位于这两层墙壁之间。这些水管将通向总阀门。水管的总阀门相当于水流的保险丝盒，水管会从这里通向浴室中的不同出水口。

水流将通过双层管流动。一个双层管包括两个独立的管道，真正有水的水管被密封在第二根管子中，所以如果内管漏水了，外层的套管能接水。所有的水管都在这个总阀门中相互连通。如果这个地方出现了漏水，就会通过浴室的地面流到排水管中。假如托马斯没有把活儿搞砸，并且没有人用螺丝钉或者类似的东西去破坏这两层管子，那么这样一个系统绝对不会出现漏水问题。此外，在必要时也可以重新插入内管或更换内管。这样做能够避免为了维修水管而砸开墙壁或地面。

每隔一段时间就会有一个人下楼去买热腾腾的午饭或其他好吃的。今天轮到达恩骑车去城里最好吃的一家熟食店买午餐，由他挑选菜单上的食物，他选了美味的香肠和土豆沙拉。挪威人的午餐鲜吃热食，一时间我们觉得自己成了瑞典人，我们真挺羡慕他们。每次吃热食时我们都说好，并表示以后要更加频繁地吃热食，但我们从没做到过。美观的盘子里盛放着热腾腾的食物，再加上彼得森家的精美餐具，享用这样一顿午餐会花很长时间。

[41]

给学徒一个实践的机会

我之前的计划是在浴室的四面砖墙上都架设防潮板。墙面并不平整,需要弄平。普通防潮板能解决问题,但我们得用更厚的防潮板,但这将占用不少空间,并且价格不菲。但约翰内斯建议给他的学徒古斯塔夫一个机会,让他给墙壁抹泥灰并将墙面整平。他需要学习如何给墙壁抹灰泥,我们不能错过这个机会。让学徒有机会处理各种活儿很重要,特别是在小公司。想要学会这行,不仅需要花时间,还得接触各种不同的工作。小公司在一段时间内的项目较少,如果想让学徒获得丰富的经验,必须要好好规划。现在这个抹灰泥的工作就是一个很好的训练,因为这之后墙壁还要用瓷砖装饰,所以不需要涂抹得很精致。

第一层灰泥,也就是所谓的粗灰层,是通过把一团团灰泥掷在墙上的方式涂抹的，随后再涂上一层面漆。如果底涂层没有涂好，那么整个活儿的质量就会很差。上面会有气泡，下面有空洞，或者会出现裂缝。而面漆涂抹的质量是有目共睹的。古斯塔夫可以以后再学习细抹，并同时练习涂抹面漆。

约翰内斯告诉我们美索不达米亚的晒干砖被制成了标准化的尺寸。制砖工业一定是第一批现代工业产品之一。

砖头的规格各异，但相对来说大同小异，这主要有两个原因。第一个原因，砖匠得用一只手拿着砖头，用另一只手来拿泥铲。泥瓦匠必须能在不受伤的前提下，拿起成千上万块砖头。人的形体决定了砖头的大小和重量，所以审美、健康和安全都是首要的考虑因素。

第二个原因，砖头或砖块的长宽比在砖头垒起后需符合数学比例。所以我们的智商也是决定砖头尺寸的因素之一。

设计奥斯陆市政厅的建筑师想要使用比标准尺寸大一点的砖头。一开始，砖匠像平时一样垒砖，但他们却患上了肌腱炎或类似的疾病，于是他们不得不放弃了通常的垒砖方式，改用两只手一起去拿一块砖头。市政厅是一座宏伟的建筑，在一定程度上应归功于砖头的尺寸。当时的工匠们用砖头覆盖市政厅的表面时一定花了不少时间。

约翰内斯使用的工具和他们建造通天塔的工具别无二致，他们用的都是石匠用的锤子和铅锤。我们也有一些类似的设备和工具，比如墨线、木匠用的锤子。斧头是我们的基本工具，无论是用燧石、青铜或是钢铁做的都没什么区别。而我们最基本的工具是一样的：我们的身体。

如果约翰内斯穿越时空，回到了几千年前，他也许能马上投身于建造巴别塔的工程之中。

会说当地语言也许对他有利。然而转念一想，如果你相信那个传说，说不定会说当地语言其实对他毫无帮助。他根本不需要理解这种语言，他所掌握的专业技能就能帮他搞定一切。而且随着工友们越来越了解他，我敢说，不出一个月他就会受到大伙的尊敬。

古斯塔夫在粉刷墙壁，这活儿需要好几天才能完成，因为他得粉刷好几层。随后我们会在上面覆一张透气底膜，然后就能在上面贴瓷砖了。约翰内斯星期一就能贴瓷砖了。

由于粉刷墙壁的工作需要分阶段进行，达恩和我可以利用两个阶段之间的时间在浴室里干一些别的活儿。我们首先在其他墙壁上安装面板，把浴室面板切割成合适的大小，并安装在镶板上，用黏性胶布把套管粘在所有的管道和电器插座上，再在各个墙角粘上密封胶带。达恩在需要的墙面上覆上了防水膜。

托马斯来安装马桶和浴缸。我在挂墙式马桶周围做了一个内嵌式的框子，并把防潮板覆盖在上面。附近的地上得有一个排水口，这样一旦马桶漏水，水能从排水口中流出去。这个框子和支撑墙一样，需要能够防潮、防湿。我在上面安了一个不锈钢的排气阀。实际上，我们用的排气阀是为船只设计的，小巧而精致。

我们在浴室里忙活的时候，达恩出门去买点材料。突然他大声喊我，说这个地方闹鬼了。楼梯井门的把手在轻微地颤动，却没人开门进来。接着没有动静了，然后又上下颤动起来。达恩鼓起勇气走过去，打开了门。门外是弗雷德里克，他看上去有点惊慌，眼泪汪汪的。

"天啊，我还以为建筑师又来了。"

弗雷德里克开始大哭起来,达恩把他抱了起来。

"你是来看我们的吗?是不是啊?你一个人来的吗?"

"是的。"他回答道,哽咽让他说话困难。

"爸爸妈妈还有廷斯呢?他们在楼下吗?爸爸妈妈也许在想,你去了哪儿呢,你说是不是?"

"是的,可我就是想来看看。看看阁楼,看看我们的房间。"

"我想我们该下楼告诉他们,你一个人跑上来了。也许他们也想上来看看,我们去问问他们好吗?我们走吧。"

达恩和弗雷德里克的同时出现把卡里和约恩吓了一跳。原来他们忘了锁门,弗雷德里克又哭了起来。毫无疑问,这次的独自探险吓着他了,而且这还是未经同意的探险。

"我们在想,要不大家都上去看看?"达恩说道。

他们真的想来看看,所以达恩让他们再等一个小时,等我们完成今天的工作——实际上是本周(又到星期五的下午了)的全部工作之后再上来。他们同意了。

一个小时后,弗雷德里克进来了,廷斯紧跟在他后面。他们给我们带了一盘面包。弗雷德里克伸出手臂,举着面包盘,是新鲜烘焙的葡萄干面包。我们一边吃面包,一边开了一个施工会议。然后我们下班过周末去了。

[42]

最后一次使用起重机

星期一上午,我们和卡里和约恩打过招呼后,开始了新一周的工作。他们决定,把签订合同时说好由他们自己来做的那些工作都交给我们去做。他们觉得修建阁楼已经够麻烦了,而在我们完工之后他们还得开始一轮新的装修,现在这个想法没那么有吸引力了。

我们决定给屋顶做隔热层。在我们吊低的天花板上,我们会在钉条之间填充一层20厘米厚的隔离材料,然后是10厘米厚的第二层隔热材料,一共是30厘米。公寓和阁楼之间的天花板隔热做得不好,所以即便公寓的建筑面积很快就会翻倍,供暖费用也不会增加。

现在是4月中旬,但阁楼里仍然有点冷。对于目前正在施工的建筑来说,春天总是姗姗来迟。白天阳光不够强烈,不足以烘热室内。到了晚上,寒气侵入,又会把这个阁楼变成一个蓄寒之所。在我们安装了第一层隔热后就能开启供暖设备了。供暖之后，这个阁楼就会成为一个愉快的工作场所。

隔热系统需要被精良地处理好。我的前老板常说，一个有吸引力的隔热系统一定是一个有效的隔热系统。投机取巧和劣质安装会导致热桥的产生，甚至导致天花板水汽凝结等问题。这又是一个重要项目遭到低估的典型例子。有的人知道他们在做什么，有的人则浑然不知，这区别很大。会干这活儿的工匠能做出有吸引力的、平整的隔热系统，既没有孔洞，也没有损耗，并且干活儿还快得多。

戴上面罩能防止把做隔热系统时产生的大量灰尘吸入肺中，这些纤维也会引起皮肤过敏。我们可以穿防护工作衣，但我只有在污染太严重的地区才会穿上它们。这些防护工作衣滑腻腻的，穿上去并不舒服。

跟过去相比，现在的隔热材料已经大大改进了。20世纪50年代的老式玻璃纤维材料是装修时的噩梦，特别是在酷暑。有的人对现代的隔热材料也会过敏，幸运的是，我没有这样的问题。在一定程度上，这也是一种心理作用。如果你老是想着它，那么你就会觉得越来越痒，直到让你难以忍受。如果你在安装隔热材料时不去想它，那么一切就很愉快。一边干活儿一边听听电台广播，随着施工的进展，你会觉得主播的声音越来越温暖。在这种温柔的环境中，也许听音乐比听电台要好，特别是小提琴和电子吉他音乐。

在做了一天隔热工程后的沐浴会让我无比畅快淋漓。先用冷水收缩毛孔，洗去身上的纤维，然后用热水仔细擦洗。

又得用起重机运送建材了，这是最后一次了。建材很少，达恩和我自己就搞定了。最近我都在关注天气预报，如果天气预报说今天有雨，我就会推迟送货日期。这次我们运送的是地板、木板、镶边、门窗框，这些东西都不能受潮。

现在得把那些木质建材放上一两个星期，让它们适应一下阁楼里的新环境。木材的天然相对湿度需要进行调整，所以我们得打开供暖系统，让气温接近阁楼投入使用后的温度，这点很重要。如果建材不能适应阁楼的环境，那么在地板的接合处、踢脚板的接缝等地方就会出现裂缝。

据说，木头是一种有生命的材料，木材的湿度特别重要。干的木头和湿的木头有巨大的差异。一条干的时候10厘米宽的地板条，湿的时候能变成10.5厘米宽。

我们还运来了浴室里需要使用的建材，然后把废料、垃圾、不再使用的工具、器械都吊了下去。从现在开始，所有需要搬上搬下的东西都必须通过楼梯搬运了。在最后一批建材通过屋顶的孔洞运送进来之后，我们封住了这个洞口，安装上了窗户。等我们完成窗户周围的防水板工作后，外部施工就全部结束了。

在达恩和我忙着搬上搬下时，约翰内斯和他的学徒在贴浴室的瓷砖。他们先贴地砖。

瓷砖的布局很重要。如果有可能，瓷砖距墙壁两侧的间距最好是相同的，而非一侧是一块完整的瓷砖，另一侧却只有一小片瓷砖。地砖的布局应该和墙面瓷砖的布局相协调。先铺地砖就比较容易做到这点。为了获得整体的美观，约翰内斯得把地面、墙壁、马桶、浴缸和淋浴区这些因素都考虑进去。有很多具体的方案可以选择。

我们要用聚乙烯片材覆盖在吊低的天花板上，材料都已经准备好了。施工要求是，所有的接合处必须紧密结合，所有的缝隙必须密封。但山墙的表面很不平整，所以这是不可能的。

我们用钉枪把片材安全地钉入钉条中，并注意拉紧聚乙烯薄膜，让它保持平整。我们在聚乙烯薄膜和墙壁之间的砖墙中用了适量的建筑胶黏剂。现在我们能把聚乙烯薄膜紧紧地贴在胶黏剂上，使其完全密封。如果我们没有做好这点，那么整堵墙壁就会出现空气渗漏，这就增加了水汽凝结的危险，而水汽凝结会导致发霉、腐烂以及由此引发的一系列问题。

我们把胶黏剂粘在聚乙烯薄膜的所有开口处，并在需要的地方用胶带进行加固。在窗框镶板周围使用威卢克斯公司提供的隔气层。我们用聚乙烯覆盖了横梁上面的区域，然后再把它抬到屋顶椽子下面的相应位置。我们已经处理过了夹楼地板及其上方的区域，现在我们拥有了一个密封良好的屋顶，能够完美隔离来自内部温度所产生的湿气。

星期一我们会在屋顶上架设石膏板，所以今天剩下的时间我们得为此做好准备。我们整理了地面，给移动式脚手架腾出移动空间，把石膏板堆放在锯木架上，还拿来了一把塑料直角尺、一个加长的水准仪，并更换了斯坦利刀（Stanley knife）的刀锋。达恩有一个石膏板升降平台，能给我们帮上一点忙，但只有一部分天花板上能用。屋脊太矮，所以那里无法使用，我们需要用手搬上去，而支撑墙那里太低，因此也用不上。

两个人抬 26 千克重物并不难，但是石膏板非常易碎，因此把它们高举过头顶，直到把它们牢牢装上的过程会很费劲。持续地扛着某个物体会特别累，比如将一块板高举过头顶。我们得速战速决，提高效率，避免过久地举着这些石膏板。

这些都是有技巧的。如果你没有掌握这些技巧，那么这就像抬举整个屋顶一样费劲。你会将石膏板用力压在钉条上——其实你不需要那么用力，与此同时你还得用另一只手操作电钻。无论你多么使劲，都不可能把一幢房子举起来，这需要的是实践和技巧。

我们第一次把石膏板抬到天花板下面时，并没有让我的老板对我刮目相看。我一副紧张疲倦的模样，他则是平静、放松。"你比我年轻，"他说，"但我比你熟练。"他说得没错。现在我熟练一点了。

周末如期而至，这意味着，我能在把石膏板抬到屋顶下之前先休息一下。在做这件事上，达恩和我都有一定的经验了，也熟练多了，但这仍然是个累活儿。

[43]

抬重物的木匠也是雕刻家

星期一早上。

从工程进展速度来看,我们现阶段必须紧紧跟上节奏才能如期完成项目。做隔热层、架设石膏板、铺地板,这些工作涉及的是体积和面积,这些活儿迟早会完成,但是马虎地勉强做完,还是扎实认真地完工,这两者有天壤之别。这几个星期我们会很累。我们得抬举大量重物,不断走动,爬上爬下。

我们必须把收音机的音量调高,我们需要音乐,需要大量音乐。对我们来说,音乐就像机器的燃料。但如果音乐很糟糕,我们就会把收音机关了。我不想在干活儿时听到垃圾音乐。

现在刚4月中旬,施工正在如期进行着。剩下的时间比我们想象中的要少,但还有很多活儿要做。我把这个问题告诉了卡里和约恩。

在用塑料薄膜覆盖屋顶之前，我们在钉条上弹出了一条墨线，第一排石膏板会沿着这条墨线架设。

山墙已经被粗略地粉刷过了，上面有大大小小的凸起和空洞。第一块石膏板被暂时性地钉上了，现在可以进行调整，使之适应不平整的表面。

我根据墙壁及墙壁上的隆起、凹陷和坑坑洼洼，用一支铅笔在石膏板上画图。这种在建材上画图的方法叫作"刻绘"。这个词本身让石膏活儿变得轻松了一点。这是一个美丽的词语，和手工艺关系密切。

现在我在石膏板上勾勒出了墙壁的形状，用斯坦利刀切割石膏体。通常情况下，你需要在石膏板一侧的纸面上画出一个切口，这样你就能顺着这个切口切进去，直到切穿石膏板另一层的纸面。这样做可以把石膏板切直，但如果我把石膏板靠在砖墙上切割就无法切直。我可以用一把细圆形鼠尾锉，沿着这条线锯切割，但其实用小刀切割得会更快、更好。石膏板的切面比锯子模糊的锯口更锋利。小刀比较容易控制，但也需要我们用更多的力气。

很多木匠用美工刀切割石膏体，但美工刀没那么好用。尤其是在徒手沿着我所刻绘的那条不直的线切割时差别更加明显。

斯坦利刀是很经典的工具。当一家生产商在市场中占绝对主导地位时，品牌的名称就会成为工具本身的同义词，斯坦利刀就是如此。如果能够正确使用，那么相较于其他质量低劣的刀具，斯坦利刀更能展现其一系列优点。我和那些喜欢使用美工刀的人讨论两种产品的优劣时，争论会变得非常激烈。在我看来，那些人如果用一把绘画和装

199

饰的工具去做木匠活儿，要么是不知道究竟什么最好用，要么是不够用心。

在我切割好石膏板之后，我们把石膏板抬到墨线所在的位置，并牢牢钉好。石膏板和墙壁保持着5~10毫米的距离固定好，给填充剂留下空间。接缝之间的材料必须平整，这样才美观，而斯坦利刀留下的干净利落的切口现在将成为最后一层涂饰的组成部分。狭窄的接缝比宽阔的接缝更容易裂开，所以必须留下足够的宽度以便让填充剂能随之相应地延展、膨胀，就像长橡皮筋比短橡皮筋能承受更多的运动一样。

在给天花板表面架设好石膏板之后，窗户仍然像一幅画作中没有完成的部分那样。我们花了很长时间才做好了用在镶板上的钉条，不过做石膏板比之前稍微快一点。我们做了一个模板，然后每个窗户挨着复制镶条的尺寸，就像之前给天花板架设石膏板时一样。

石膏板是整个施工过程中最能改变阁楼面貌的项目之一。阁楼开始变得像一个温馨的居住空间了。阁楼的扩音效果变强了，但平整的表面、凸显的线条，让这个空间反而显得更加宁静。我脑海中又开始放映电影，天花板、墙壁、地板和窗户成为电影中的一幕幕影像。一个个片段连成了整体，成为一段可以感知的体验。在这里，想象和现实、理论和实践几乎融为一体。

星期五，彼得森一家上来参观阁楼。孩子们现在对阁楼很熟悉了，他们四处跑动着，把这儿当成他们自己的地盘。他们的父母让他们安静一点，我告诉他们，如果他们喜欢，可以在石膏板上画画。这是他们有生以来见过的最大的画布。达恩给他们削尖了木工铅笔，他们马上画了起来。过了片刻，他们才明白有多少空间可以供他们自由支配。他们在高高的天花板上画画，而达恩在梯子上看着他们。弗雷德里克擅长规划图画的内容，而廷斯很有自己的想法，他们非常团结。他们画了带有各个房间和家居物品的房屋、太阳、星星和树木。他们的父亲画了一只在群星中飞翔的巨鸟，惊艳了所有人。他们问能不能把楼下的彩笔拿上来画画，但我们没答应，因为有的彩笔留下的图案会透过涂层留下痕迹。

趁孩子们忙着画画，我们也有机会聊聊了。其实已经没什么问题需要讨论了，工程进展得很顺利。我们问他们，建成后阁楼的模样是否如他们所盼。他们很可能会觉得阁楼比他们想象中的小，但我们说，等完工后阁楼会更加开阔一些。一个没有堆放建材和工具，天花板和墙壁粉刷一新的整洁房间会比现在这个施工现场看上去大得多。

我们还和他们说明之后需要完成的工序，以及每道工序所需的时间。孩子们还想待在这里继续画画，但听到他们的父母同意他们明天继续来画画的允诺后，就不再坚持了。

"大家周末愉快。"

[44]

选择环境友好型建材

"大家早上好。"

星期一,新一周的起点,我在楼下和所有人打招呼。

廷斯和弗雷德里克周末忙得很。他们的父母清扫了阁楼的地面,腾出了一点空间让他们能更轻松地追逐自己的艺术梦想。于是他们从上到下都画满了,有大幅的,也有小幅的。他们画了许多动物,有的看不出是什么动物,但还有一匹会让皮皮(Pippi)[5]羡慕的马。他们画了一栋公寓楼,有地板、支撑墙、天花板,以及窗帘和花盆。弗雷德里克在阁楼一侧的支撑墙上画了我的货车。现在他们一眼就能认出我的货车,因为他们的妈妈和爸爸常常在木匠的车开过幼儿

---

5 作者未明确指出"皮皮和马"的出处,根据推测是来自瑞典的一部名叫《长袜子皮皮》(*Pippi Longstocking*)的儿童文学作品。

园时指给他们看。

比约恩·奥拉夫来了，他把电线和其他内部组件连接在接线盒中。他会等油漆工完工后，再来安装真正的电源插座、开关，以及诸如此类的东西。我们希望能更方便地用电，所以他先安装了两个插座，并连通了保险丝盒中的一条线路。能摆脱那些散落的地引线，直接把插头插进墙上的插座中真是一件好事。

架设石膏板后，阁楼里有点乱糟糟的，所以达恩和我把这里彻底清扫了一下，并准备好木工工具。我们把台锯和横切锯放在方便取用又不会妨碍我们干活儿的地方。我们准备好了用来切割木板的圆锯，并给它换上了刚刚磨快的锯刃。现在我们要做一些更加精细的活儿了，所以得先磨好刀刃。

午饭后，粉刷匠来了，准备开始粉刷墙壁。上个星期我们还在架设石膏板时，我就给他们打过电话，让他们尽早做好日程安排。

粉刷匠很体贴，尽管他们就在我们旁边工作，却几乎没有弄脏什么东西。必要时，他们还会把东西遮盖好。他们工作的时候，我们最好离开。但如果我们也急着赶工，并且没有其他的活儿要做的话，那我们就得相互忍耐一下。在一个项目的收尾阶段常常会发生这种情况，几样工作同时进行。有的工匠站在梯子上，有的人跪着。如果大家都能相互体谅，彼此宽容，那么大家同处一室的工作也是一种愉快体验。

约翰内斯和古斯塔夫贴完了瓷砖，现在浴室在等我们施工了。给浴室天花板铺山杨板的愉快的工作就交给达恩了。我们分摊快乐的工作就像分摊累人或乏味的工作一样。安装浴室天花板的木板和收拾沉重的建材的差别还是挺大的。

未处理过的山杨板是我最爱的东西之一,特别是在浴室中。山杨板很轻,还有一种丝绒般的触感。当我看到这样的山杨板时就情不自禁地想要触摸它。它善于吸收水分,因此很适合用在浴室里。良好的通风设施和地下供暖系统会让浴室成为整座公寓中最干燥的房间,但浴室里的湿度会有大幅起落。一次热水淋浴后的部分水汽会被山杨板吸收,并随着通风系统吹干浴室而释放出去。瓷砖和镜子一样会覆盖上一层薄薄的水汽,给沐浴后的浴室带来一种潮湿感。与喷漆石膏板或在天花板周围筑模相比,这个方案并不算贵。

如果使用得当,木头是很美的。20世纪70年代使用松木板的"地狱式体验"也许还让人们记忆犹新,但这并不会让他们一概拒绝使用木板。硬木未必会在建筑中派上大用场。松树和云杉之类的硬木常常被用作柴火。生产商现在正试图在全国范围内推广硬木产品,并让顾客们相信这种木材质量精良、用途广泛,无论是用于室内还是室外都很适合。

挪威树木资源丰富,因此木制品在挪威是环境友好型建材。木材的一大好处是,木材加工业前景广阔,我们不必只做一种商品的生产商,这当然依赖于我们的专业技能。我们拥有大量的能工巧匠,为顾客提供优质的服务。木业链有护林员、锯木厂工人、木材商和工匠,达恩和我是最后一环。一旦这条链断了,对所有人都没好处。

浴室天花板的面积很小,所以我们没过多久就装好了企口板。达恩用山杨木在木板和墙壁的交界处做了一条非常美观平整的腰线。现在浴室看上去就像我们期待的那样:有品位,亮堂,通风。

浴室家具

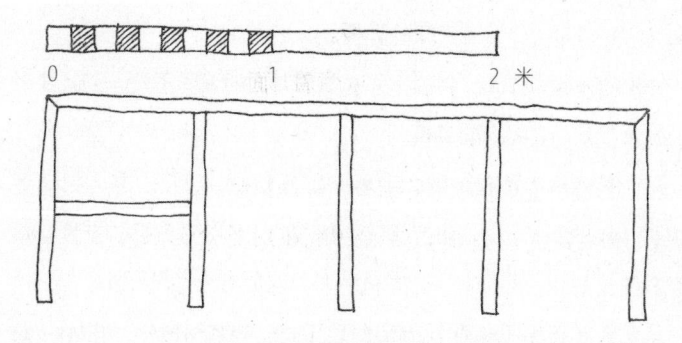

0　　　　　1　　　　　2 米

达恩忙于天花板的工作时，我在制作浴室的家具。我用 4 厘米厚的、上过油的橡木做家具。成品会很简朴、美观。尽管这是一件家具，但做工并不复杂。

我一共要做两件家具，在浴室两侧各摆一件，都是没有门的。这两件家具连在支架上，支架立在地面上。这些支架也是用同样的材料做的。

我做了一个斜角榫，切割支架的各端和表面，使其呈 45 度角，确保各个边角既美观又紧凑。我把木饼放进去，将各个部分粘贴并钉在一起，做成了一个结实稳定的结构。所有部件都要拧紧，最后在浴室中拼装到位后用黏合剂粘好。

我把螺丝钉钉入木头表面，钉出了一个洞，然后我会用木栓堵住这个洞，这将成为两件家具最后装饰中的重要部分。

下面会放一台洗衣机和一台滚筒烘衣机，中间用一根立柱隔开。另外，还有放置脏衣物筐的空间和一个用隔板隔开的区域。我会用橡木来制作支架和这些区域之间的隔板。

脸盆架也用同样的材料制作，会靠着对面的墙壁摆放。但脸盆架会小一点，并且只有一层隔板。

我在浴室中安装好家具，把各个部件粘贴，钉在一起，把钉子洞堵上。然后我用一种油蜡混合物把堵洞的木栓处理好后，家具就做好了。

大多数人认为木栓是在模仿船只甲板。甲板上每隔一段相同的距离就会钉入仿制的栓子，但这些栓子并没有实际功能。我用双手和工具做的是属于另一个世界的复制品，在那个世界中，手工艺只是一种装饰。

在真正的船只甲板上使用木栓或者说塞子是不错的方案：螺丝钉将木板固定在下面的结构中，而木塞能防止水汽从螺丝钉孔中渗透到甲板中。每当我看到模仿甲板的家装设计，我就会想起阿克尔码头和奥斯陆那些昂贵的水滨公寓。这些建在船坞原址之上，能够看到码头风光的公寓应该有一种大海的味道吧。至于它们模仿的是豪华游艇还是大型游船就不好说了。对我来说，木塞是一种简单快捷的勾缝方式，并且十分美观，客户们也很喜欢。

[45]

要不要定制家具

　　托马斯来安装冷热水混合龙头，并把浴室中所有东西连接在一起。现在浴室中的所有东西都可以使用了，但我们避免弄脏它们，要留给彼得森一家享受焕然一新的浴室所带来的喜悦感。我们已经习惯了使用下面的盥洗室，而彼得森一家也习惯了我们走上走下，所以再这样持续几个星期没有问题。

　　达恩安装好了浴室门和门框。他还给楼梯井的门做了一个门框。他用最少的钉子把门框装上，但没有把钉子敲进去。这样我们就可以在铺设完浮油后将其拆开。

　　我们邀请托马斯和粉刷匠们一起到楼下的厨房吃午饭。这么多穿工装服的人聚在彼得森家温馨的厨房里，让厨房瞬间变成了建筑工人的小饭馆。粉刷匠把他们在楼上准备好的食物带下楼吃。托马斯是一名管道工，但他吃的是电工们爱吃的午饭：面包和软饮料。达恩和我吃了点冰箱里的食物。托马斯不想吃真正的食物，他坚持吃自己习惯的东西。签订长期合同的木匠吃越南式午饭，接零散活儿的水管工喝茶、咖啡和软饮料。这是两种工匠之间用餐文化的差异。

彼得森夫妇希望在阁楼里摆放一些宜家家具，他们想让我们来安装这些家具。他们打算把夹楼做成一个办公区，在一侧摆一些矮柜，就像支撑墙一样，让这个地方更像一个房间。假如屋顶直接和地板相接会显得拥挤，也难以清理。夹楼的另一侧对着两个男孩儿的卧室，需要隔离开。在那一侧，我们会将夹楼的地板向上延伸至斜坡屋顶处，这也会成为卧室的天花板。我们会在"办公室"的那一侧建一堵 20 厘米高的小支撑墙。

在远端的防火墙前，他们希望做一排从地板到天花板的搁架，搁架需要根据空间调整宽度，越往上面搁架就越窄。

达恩为延伸出来的办公室地板做钉条。他在下面铺好石膏板，做好隔热层，在上面铺上刨花板。我根据屋顶的坡度定制了宜家橱柜。定制的橱柜空间小了些，但总比没有好。我根据防火墙的位置调整了下搁架的尺寸。然后我们清理掉夹楼里的所有东西，开始铺设地板。我们组装好橱柜，把橱柜和搁架安装到位，安装好踢脚板，夹楼的工作就完成了。尽管实际上还有很多活儿要做，但我们却有种阁楼快要完工的感觉。

卡里和约恩知道他们想把阁楼装修成什么样，我们现在在建的阁楼是他们脑海中那个版本的一个变体。一开始他们听到我的建议后总会大吃一惊。比如，他们以为定制的浴室家具会比他们计划用的宜家家具更贵。常常有人问我对宜家家具的看法，卡里和约恩也想知道这个问题的答案。宜家家具就像天花板的高度、窗户的尺寸和居住面积一样，是特定的、可以测量的。

对于彼得森夫妇和其他消费者来说，他们在产品目录中找到的室内设计是一个可预测的宇宙的一部分，有点像让我们所有人都保持站立在地面上的重力。我能理解这种感受。我自己家里也有宜家家具，但我对它们没什么感觉。在我家里，它们通常被掩藏在一些更漂亮的物品的后面。我会尽量发挥它们的作用，但也尽量把它们放在一眼看不见的地方。

现在到处都有宜家买场。人们选择的大多数宜家产品和他们购买的大部分其他家居产品的质量相差无几，无论是什么产品、什么品牌。宜家的家具风格简朴，价格相对也比较低廉，并且能保证"一分价钱一分货"。

和橡木家具、实木地板这些坚固耐用的家居产品相比，宜家的家具是为短时间使用而设计的。宜家品牌现在已成为主流，占据如此重要的位置，这不免让我思考，宜家是否已经影响了我们的时间概念，还是说它只是我们生活的这个时代的产物。我们之所以需要更换物品是因为物品的质量出现了问题。但相反，频繁地更换物品也会影响它的质量。因为反正人们很快就会厌倦一件物品，并把它替换掉，那么何必还要制造持久耐用的物品呢？产品定位注定了这些物品的使用寿命不长，导致了它们的质量很难令人满意。虽然产品质量上存在显著差异，但我还是很高兴我制造的是另一种产品，一种具有内在价值的产品。以前宜家常常模仿手工艺，而现在我们发现我们自己开始模仿宜家了，这就危险了。长此下去对我们这些人是不利的。

　　说来有趣，今晚我就要去宜家买场，这个星期我是躲避不开那个地方了。其实我的业余时间也无法避开那里。如果你有一辆货车，那么常常会有人请你帮忙搬运东西。对我来说，周末是意味着不干体力活儿的休闲时光。对别人来说，周末是搬运东西的好时机。所以我在业余时间有可能面临着提供运输服务的"风险"。每年我都可以轻而易举地找出10~15个星期六来做这样的事情，但由于我一直在拒绝，所以现在找我帮忙的人不多了。奥勒常常帮我，我也答应帮他。但我也跟他说，让我去宜家绝对是对我们友情的考验。今晚奥勒请客，我们去吃瑞典肉丸。

[46]

接下来的三大任务

我需要去会计师那里进行纳税申报。从事个体经营意味着我得在 5 月时进行纳税申报。达恩一个人在彼得森家率先开始新的一周。处理好纳税申报的事后，我松了一口气，准备迎接新的一周。

我们还有三大任务。首先是铺地板，铺好地板后，我们要垒卧室的墙壁，最后做好新的楼梯井。

我们一般会穿牢固的钢趾工作靴，但现在我们换上了更轻便的、室内穿的没有脚跟的鞋子。我们得避免小石块粘在脚底，而轻便鞋子的鞋底不会在地面上留下刮痕。

我们开始铺设支撑墙附近的地板。地板的布局必须正确无误，而且和各处墙壁的接合处务必要美观，地板条的宽度必须适中。每块地板之间、地板条和墙壁之间得留下一定的空隙，让地板的木板条能随着室内温度和湿度的变化而膨胀或收缩。如果地板和墙壁接合得太紧密,那么地板过度膨胀时会将墙壁向外推。当然,有可能墙壁更坚硬,那么地板就会从中间拱起来。

接缝的位置需要预先安排好,避免平齐或隔得太近影响美观。有的木板损坏了,或有难看的节疤。为了能快点铺好地板,我们把不同长度的地板条分成了从短到长的四堆。这样我们就能根据我们需要的接缝位置选择不同长度的地板条了。同时,我们把损坏的地板条拣出来,放在一旁。

我们一次调整好并纵向拿起三根木板条,然后把它们放在地上并安装固定。这种方式有一种大批量作业的效果,并且能节省时间,也更容易根据不同的接缝、节疤和板材外观打造美观的图案。精心铺设的地板要比随意铺设的地板好看得多。

我们用锤子和木砧将地板固定,再用螺丝钻紧。我们常常要用木凿把它们组装在一起。我们用木凿用力敲打下面的刨花板,再用力撬动木砧把地板安装到位。铺地板是一项很费时间的工作,但如果能稳步进展也还凑合,只是你的背、肩膀和膝盖要受点罪。

收音机开着,达恩和我现在做的事似乎像在跳舞。我们几乎从来不会踩到对方。我会先看看他在做什么,在他放下地板条时再用锯子。如果我遇到了一根难以搞定的长地板条,他不等我主动开口就会马上过来帮忙。帮我搞定之后他才去忙自己的工作。我们一边干活一边聊天,聊我们现在听到的音乐、聊新闻,天南海北什么都聊,但我们很少聊工作上的事。关于工作的对话只限于简短的评论和问题,这就足够了。这样工作起来很愉快。

我们铺设楼梯井洞边缘的地板,并在比刨花板的长度多出 13 毫米的地方做出标记。我们把地板条铺过标记和楼梯井洞所在位置,然后用圆锯在标记处切断地板条。锯子很锋利，所以地板条的切口很平整。

之后将要覆盖在楼梯井洞四面的石膏板会整洁地嵌在楼梯井洞的边缘。只需要在地板边缘加上简单的踢脚板，填充地板和石膏板之间的缝隙就行了。我根据需要的长度切割了几条踢脚板，把它们粉刷上白色油漆，等楼梯井的墙壁完工后就能直接使用它们了。

现有的楼梯井墙是我们的第一堵墙。达恩继续往浴室墙的方向铺地板，我在已铺好的地板上垒卧室的墙。在那一时半刻之间，我们能暂时欣慰地看到铺好的地板的全长，但我开始垒墙后就破坏了这道风景线。廷斯和弗雷德里克终于有自己的卧室了。

新垒的墙体很美观。达恩的排舞适合在刨花木的毛楼板上跳，现在这里更适合跳波罗纳兹舞。但他没有跳，尽管收音机里传来了洛奇·埃里克森（Roky Erickson）的音乐。

"看起来不错，这次我们运气很好。"我说。

各种地板表面都会在使用过程中遭受到不同程度的损坏，出现擦痕和凹印。由于松木地板材质较软，更容易受到磨损。我常常告诉客户，我可以在交付之前把地板稍微做旧一点，当然我要收取一点额外的费用。那么等他们搬进来时就不需要太担心地板了。如果地板上已经有一点使用痕迹，那么他们可以放松得多，孩子们也可以在地板上自由自在地玩耍，父母也不需要一听到有东西撞击地板的声音就高度紧张。

尽管到现在为止没有一个客户接受这个提议，但我这样说可以让客户们在笑话我荒唐建议的同时停下来思考一下。

总之，我们铺地板时总是小心翼翼的，就像做家具一样小心，不能犯任何错误，不能留下任何凹痕或刻痕。

[47]

扫尾工作仿佛一场真正的入侵

　　墙壁已经垒好了,只需要油漆工再抹一层灰泥,再上一层涂料就行了。他们已经在埋头苦干了,很快就能完工。彼得森夫妇选择了略贵也更耐磨的涂料,从长远来看这种涂料当然更好。达恩已经铺好了地板,现在在做卧室的门、门框、窗框,以及其他零碎的东西。我们把已经涂成白色的踢脚板安装上去,接着,油漆工用一种高分子材料填补钉子留下的空隙,并在裂缝处也盖上一层,然后再开始最后的一层粉刷。

　　我的工作是做新楼梯井的开口。

　　我搬开楼梯井洞上的刨花板,要将下面所有的建材都拿出来:隔热材料、多余的楼板梁,还有我们铺设毛楼板时使用的 36 毫米 × 98 毫米的木板。现在只有下面公寓的天花板将公寓和阁楼隔开。为了安全起见，我在楼梯井洞上放了两块 2 厘米 × 4 厘米 的木板。在达恩的帮助下，我们挪开之前已经部分移开的楼梯井洞上的刨花板，这样我们就能在两层地板之间施工了。为了防止下面的尘土上扬，我在刨花板上铺了一层塑料薄膜，盖住我们新铺好的地板。现在阁楼是一个新的空间，需要好好保护。

离我们的竣工日期还有三个星期，而剩下的活儿只需要一周就能做完。我在合同中签了一个比较现实的截止日期，而且我们一直保持着稳定的进度。但是，我们很少会提前这么多。

我们从来不会空手下楼。在离开这里去过周末前，我们把可以拿走的东西都搬到我的货车上。我们的速度开始慢下来了。

星期一早上这家人走得有点晚了，我拿着工具和建材到楼下为新的工作做准备时，廷斯和弗雷德里克还在屋里跑来跑去。孩子们听说今天要给楼梯井打洞，要装楼梯了。他们都很兴奋，也有理由兴奋：今天是个特别的日子，公寓和阁楼要在今天连通了。

廷斯想留在家里看我们给天花板打洞。被我们拒绝后他还闹了一阵子，达恩使出了安抚顾客的全部招数才让他平静下来。

他告诉孩子们，我们施工的地方附近都会遮盖起来，所以没什么好看的。而且孩子们在拆除现场会很危险。木匠的工作虽然很刺激，但也很吵、很可怕。廷斯说他听明白了。

"幼儿园放学回家后，你俩就能看到天花板上有一个大洞。"达恩往上指了指。

"那儿就是楼梯的位置？"弗雷德里克说道。

他们在想楼梯在哪儿呢，是不是在我的货车中？我告诉他们，有人晚一点会把楼梯送过来。但是今天他们能看到那个洞。

为了节省时间,我在周末之前做了一些准备工作。我切割了金属丝网,还找到了封闭楼梯井洞周围所需要的建材,把它们放在阁楼中备用。达恩给我帮忙,两个人干活儿总是容易一些。我们把石膏板放在下面公寓的地板上,并在墙上包上了塑料薄膜,准备好了一个工作空间。我们用金属丝网绷紧薄膜,用胶布把它封在天花板和墙上,将这个空间完全封闭住。现在我们就少一扇门,我用刀割了一下就有一条裂缝。这条裂缝可以再次封上。我踏入这个空间,开始进行拆除工作。这是防尘施工,而且尘土也无法进入上面的阁楼。于是,拆除工作开始了。

拆除石膏吊顶很有难度,因为它们非常易碎。锯子能够锯开木头,而带有金刚石锯片的角磨机能切割石膏,但我没有一种能够同时干净利落地切割这两种材质的工具。我的解决办法是,一样一样来。

我把小角磨机连在真空吸尘设备上,切割开灰泥层,直到木板边缘,我几乎没有弄出什么灰尘。现在我能拆除楼梯井位置的石膏板了。然后我拿起往复锯,切割木板,让木屑落在石膏板上,这样做是为了保护地板。我们打好了楼梯井洞,并且完全没有损坏天花板的其他地方。

我们在防尘帐篷里进行彻底的清理和防尘工作。把石膏板贴在楼梯井的四面,就是我们铺好的阁楼地板的下面。然后我们再依次装上墙角护条和金属条。它们在相交处形成了一个结实的外角,让油漆工可以沿着它们涂抹灰泥。天花板状态不错,不需要再粉刷一层了,除了楼梯井洞附近的区域。塔姆在楼上的阁楼里工作,现在下来粉刷第

217

一层涂料。

楼梯井的三面会用石膏板覆盖，第四面由泥瓦匠来完成粉刷工作。约翰内斯下午过来，在那个区域涂上第一层灰泥，以前这里一直是被地板覆盖着的。

现在我们的施工场地位于公寓的正中央。尽管剩下的活儿不多了，但对彼得森一家来说这一定像是一场真正的入侵。为了让他们感觉好一点，我们拆下了塑料薄膜，挪走了地上的石膏板。油漆工粉刷时也格外小心。在粉刷最后一遍时会扬起一点灰，为了避免让公寓沾上灰尘，他在屋顶上贴上塑料薄膜，让其一直延伸到地板上。

阁楼上的所有覆膜和粉刷工作都已经完成了，我们用电动吸尘器进行彻底除尘，随后又用超细纤维拖把拖了一遍。阁楼客厅中还有一些宜家家具需要安装，但只要花几个小时把它们组装起来就可以了，并不需要特别费工夫。

我们需要完成的最后一项木工活儿是把框架暂时固定在新楼梯井的地面上，让安装楼梯的人能不费劲地把它们挪开，然后再按原样装好。彼得森家的楼梯快运来了，他们只需再等一会儿就能使用新的阁楼。楼梯井的框架标志着阁楼从顶楼空间到公寓的转变，我们的木匠工作也就此宣告结束。

油漆工快完工了。电工可以装上所有的电箱、电灯和开关了，然后电工活儿也结束了。

塔姆和比约恩·奥勒夫将负责最后的项目。想象着最后一块踢脚板上完色，电灯可以点亮时，那场景一定棒极了。

扫尾工作有点扫兴。那么多的活儿、那么大的变化、那么多的时间，现在却只剩下一些清扫整理、搬运工具去车里的杂活儿。今天的早餐是我们在彼得森家厨房吃的最后一顿饭。饭后，我们一起享用咖啡，庆祝工程圆满完成。

我休息了好几天，做了一些文书工作，还去钓了鱼。

我得把项目进展过程中的照片整理存档。除了整理文件，我还得把项目预算和收益做个比较。

钱？我的报价正合适。

我对分包商费用做出的预算符合实际的费用。达恩在施工期间将工时表给我，我随着工程进展支付了他几次薪酬。我也填写了自己的工时表，并且在电子制表软件中记录下施工时间和建材的费用。扣除这些费用之后剩下的钱才是我的收益。这些收入足够我过一个暑假了，待到秋天到来时我的银行账户中还有必要的存款。

钱是这个项目里的一个重要因素。但当金钱不是问题时，它就没有那么重要了，所以我一直没有提钱的事。

这个项目是我的，但下一个项目，达恩是老大，我不需要承担最终的责任。我只需要做好我的工作、填写工时表、把发票递给他。我不需要在筹划阶段参加会议、准备文件，或考虑预算和财务的事情。这就像休息一段时间，我只要好好干活儿就行，行政方面的问题就交给达恩去处理了。

[48]

初夏的竣工大会

现在是初夏,天气越来越暖和。我们召开了竣工大会。去年 11 月昏暗的天色下,我第一次看到的那个施工现场,它已经无法和现在这个新建的阁楼相提并论了。在这个充满生机和绿意的时节中,这个阁楼显得那么美好。外公照看两个孩子,卡里、约恩和我查看工程完工情况。达恩、塔姆、比约恩·奥拉夫、托马斯、约翰内斯、古斯塔夫、尤卡、彼得和我都为这个阁楼(那些天花板和墙壁)付出了劳动和汗水。

我们在阁楼中四处走动,手里拿着复印的施工说明书和劳动合同。合同中列出了需要完成的项目内容,我们一项一项地检查,在已经完成并受到客户认可的项目前打钩。这没有花太久时间。虽然这是例行公事,但也很重要。在整个施工过程中,我们一直在向他们展示我们完成的工作，并和他们商议具体的方案，最后做出决定的是卡里和约恩。从这点上来说，是他们一直在掌舵，所以我很有信心他们一定会满意的。

现在阁楼交给他们，我可以放手了。在他们检查过地板并签字认可后，再有什么问题就是他们的事了，我没什么好担心的了。

现在我们签的字就像一个故事里的最后一个词。这个故事也始于这同一个词：11月初我们在合同上的签名。

现在回想起我们的第一次交谈仿佛是十年前的事。我们现在站着的地方曾经一无所有，这似乎也是很久以前的事了。我们走进浴室，卡里说，她很庆幸他们当初选择了定制橡木家具。看着现在的成品，她为自己当初竟然会考虑宜家家具而感到惊讶。我们抬头查看天花板的工程，他们对这里也很满意。看到那根横跨整个房间的横梁时，大家都想起了当初拆除的那些地板上的连系材。

卡里和约恩对实木地板很满意，觉得我们铺的地板很漂亮。他们说，来家里做客的朋友们都对浴室的山杨面板留下了特别深刻的印象。他们还说，廷斯和弗雷德里克不停地说起阁楼中的一切，说着他们在阁楼画的画儿，还有他们建造的那艘船——那艘船现在已经在小别墅中下水了。他们觉得孩子们一定会很想念我们。他们说，他们很高兴选择我们来改建阁楼。他们的语调听上去很欢快，我们也很快乐。

这段时间以来，我们给他们的日常生活带来了那么大的影响：我们制造了大量的噪声和尘土、开了那么多发票、每个星期一早上和他们打招呼……现在一切都过去了。为此，彼得森一家一定很高兴。

221

事实就是这样，无论你对你的工匠多么满意，也会因为再也无须天天看到他们而感到高兴。这是可以理解的。

达恩的客户在他们家中等着我们。我们要去更换所有的窗户，拆除外部覆层，添加隔热材料，再把一切都恢复原样。现在夏天已经来了，天气暖和多了，所以这将是一份愉快的工作。在完成这个工程前，我们还有几天假期。而完成这个项目后，我们又要去老城区装修一个厨房。

在此之后，没人知道未来是什么样，或者说，我们的货车会开向哪里。

术语表

山杨木（aspen）：一种非常软的白木，含有少量树脂，抗风化侵蚀，不易燃烧。山杨木不易变热，而且有良好的抗潮性能，故而是装修桑拿房和浴室的理想木材。由于这种木材质地柔软，所以不常用于铺设地板。

角磨机（angle grinder）：一种手持电动工具，带有和工具主体相平行的切割片或砂轮，广泛应用于金属加工业和建筑行业。

板条（battens）：薄薄的、狭窄的木板条，用于密封、加强或支撑某个接缝处或嵌板。

鸟嘴形切口（bird's beak cut）：也称为"鸟嘴形接合口"，一个深入椽子中的凹痕式切口，由一个"座切"（切面位于顶板上）和一个"底切"或"垂直切口"（切面和支承墙平行）共同构成，形成了类似鸟喙的形状。

斗牛犬齿板连接件（bulldog-toothed plate connectors）：单面和双面齿板连接件，用于增强螺栓在木材中的性能，通过强化胶接强度实现。

木匠 / 木工手艺（carpenter/carpentry）：当一个建筑项目正在施工时，木匠通常在施工现场工作。木匠的业务专长是从事木工安装工作，包括安装地板、楼梯、窗框、橱柜和架子。

墨线（chalk line）：一种用在相对平坦的平面上标出长直线的工具，具体做法是：使用一根紧绷的尼龙绳或其他绳线，在其自由端连接吊钩或圆环，并在绳线上敷涂上一层容易掉落的染色剂，使用的染色剂通常是白垩。

施工升降台（cherry picker）：一种液压起重机，在其伸缩臂或机械臂的末端连接着一个安全平台，用于抬高或降低施工者所在的位置。

坡道板（chicken ramp）：一种带有横向防滑齿的斜板。

防水板（flashing）：一种不含铁的金属条，折叠起来覆盖建筑物靠近山形墙一侧的墙壁和屋顶之间的接合处，使其具有防水性能。防水板也可用于烟囱和屋顶通气孔盖周围。

系梁（collar beams）：连接两根椽子的方木材，呈水平方向。这两根椽子和系梁共同形成了A形屋顶结构。

底层地板（counterfloor）：一层基础底板，垫在铺地材料或建成的地板下面。

强制式搅拌机（forced-action mixer）：一种容易运输的机动搅拌机，使用旋转鼓轮或旋转叶片进行搅拌。沙子、水泥等建筑材料被快速、高效地旋转、折叠成一种均匀的混合物。

槽板（groove planks）：带有凹槽的面板，其用途是将其和带有舌榫的面板相接合，两者合在一起称为"榫面和槽面"。槽板也可用于卡住一块较薄的物件，比如用于家具制造。

石膏（gypsum）：一种能作用于多种材料之上的建筑石膏，包括混凝土、砖块、金属板条、石膏板。

住房合作委员会（Housing Cooperative）：一种在挪威常见的住房委员会。各家住户联合建立一家公司，目的是集体拥有、管理某一地产。各家住户都拥有这家公司的股份，股份赋予了他们居住在某一特定公寓中的权利，而不是拥有个人公寓的权利。房租根据公寓的面积按比例支付。这样的合作委员会，根据多数股东做出的决议进行管理。

细木匠 / 细木工（joiner/joinery）：在建筑施工中，细木匠的职务分工就是制造各种建筑组件，比如窗户和窗框、门和门框、桁架、楼梯等。

搁栅（joist）：支撑一栋建筑物的部分结构体的一段木材或钢材。典型做法是将一系列搁栅并行排列，用以支撑地板或天花板。

支撑墙（knee walls）：通常是一堵不到1米高的矮墙，用于支撑木屋顶结构体中的那些椽子。

板条（lath）：通常是一些较小、较薄的木板条（比如48毫米×23毫米，或者48毫米×36毫米），拥有多种功能，比如作为屋面石板瓦中的小方材或钉板使用。

泥瓦匠 / 石工（Mason/Masonry）：泥瓦匠使用砖块、石头或瓦片等材料进行建筑施工，并用灰泥将它们黏合。泥瓦匠也经常和混凝土打交道。

木匠师（Master Carpenter）：在先后成为学徒和熟练工之后，木匠可以继续学习深造或通过考试，成为一名木匠师。在有的国家，这是一个要求严格、费用昂贵的学习过程。施工者需要拥有广博的知识（包括经济学和法学知识）和技能才能取得木匠师的资格。有些国家，只有拥有木匠师资格的人才能从事这个职业，带学徒。在挪威，木匠师资格意味着颇为昂贵的正规教育，同时木匠师也是一个受到正式保护的职位名称。

斜角榫（mitre joint）：将两个构件切磨成斜边或斜角，使其能以一定角度接合的榫卯结构。比如，形成一个拐角、一个90度的角，等等。

横切锯（mitre saw）：也称为"杠杆式锯"。一种和斜锯盒或圆锯搭配使用的手锯，作用于一个可旋转的底座或工作台上，用以实现干净利落而精准到位的变向切入。

音乐（music）：经这位木匠调研发现，适合伴随施工过程的唱片包括：牛心上尉（Captain Beefheart）的《像牛奶一样安全》（Safe as Milk）、洛奇·埃里克森（Rocky Erickson）的《恶魔》（The Evil One）、击败龙卷风乐队（The Beat Tornados）的《往和平号的任务》（Mission to Mir）。

钉条（nailing strips）：连接在坚硬表面上的任何材质的长条，在上面可以钉上（或更普遍的是"拧上"）其他建筑材料，比如木构架、横梁、石膏板等。中间穿孔的钢条具有同样的功用。参见"钢条""板条"。

N.R.K（N.R.K.）：挪威国家广播公司。

被动式房屋（a passive house）：一个致力于减少生态足迹的、严格的推荐式建筑物能源效率标准，低能耗建筑物——只需很少能源就能实现供暖或散热的建筑物由此应运而生。各个国家关于被动式房屋的标准不同。在挪威，有关部门正在计划强制执行这一标准。

石膏板（plasterboard）：用嵌在两个纸护面之间的石膏做成的板，多用于搭建或铺设房屋的内墙。

石膏板起重机（plasterboard lift）：一种铰接装置，目的是将石膏板抬高至与天花板平齐的高度，以方便石膏板的安装。

铅锤（plumb bob）：一条细绳一端所系的重物，这条细绳就是垂直参考线，或称为"铅垂线"。从本质上说，它是水平面的垂直对应物。

插入式圆锯（plunge saw）：一种电动圆锯。将它和"轨道"或"导轨"一起使用，能"插入"或向下切入建筑材料中进行垂直切割，在缺乏劈刀（安全的设备）时可以替代使用。

桁条（purlins）：屋顶结构中的一种纵向构件。

椽子（rafter）：构成屋顶的一部分内部框架的横梁。

往复锯（reciprocating saw）：也被称为"军刀锯"，通过叶片的推拉运动切割。

相对湿度（relative humidity）：指空气中水汽压与相同温度下饱和水汽压的百分比。暖空气含有的水汽比冷凝前的冷空气中含有的水汽多。

屋顶桁架（roof truss）：木质屋顶桁架是一种木质的结构骨架，用于连接一个居室上方的空间，为屋顶提供支撑。屋顶桁架每隔一段间距出现，由桁条等纵向木材连接而成。

划线规（scribing）：一种手持的尖头工具，和圆规不无相似之处，用于标明或刻出需要切割的金属或木材。划线规在不平整或不规则的表面上最适用。

美工刀（snap-off knife）：一种可伸缩的工具刀。当其长长的刀锋不锋利了，可以折断一节，继续使用下一节。

斯坦利刀（Stanley knife）：一种有固定刀刃的工具刀，分为一般用途和多种专门用途，通常以"斯坦利"这一商标名指代这种刀具。

钢条（steel strip）：参见"钉条"。一种灵活的、可弯曲的金属条，作用于石膏板等处的钉条。它常常卷成一卷卷的，中间有穿孔，可用于固定各个转角处，特别是接合两个不同的构件。

社会倾销（social dumping）：有的雇主为了取得竞争优势、增加利润率，故意降低雇工薪酬、削减雇工福利的做法。外来工被虚假承诺的吸引，特别容易受到蛊惑。

污水管（soil pipe）：用于将废水和污物排放到建筑物外面的管子，顶端需要通风。

细绳（string）：为了得到一条直线，常常用细绳紧绷在两点之间。细绳是木匠最有用的工具之一。事实上，对于石工或其他手工活来说，这种工具也是不可缺少的。

支柱（strut）：用于支撑的结构构件，旨在承受纵向压缩力。

连系材（tie）：一种结构构件或横梁，目的是使椽子之间产生张力而不是压缩力（参见"支柱"）。

227

舌榫板（tongue planks）：用于和槽板相接合，沿着两者全长共同形成一个阴阳榫结构。

鱼雷水平尺（torpedo level）：一种水平仪，有三个测量管，分别用于测量水平面、垂直面和对角面。

托梁（trimmer）：一种用于框架结构的木梁，旨在构建楼梯井等结构体周围的开口处，安装的托梁需要和主楼板搁栅平行，以支撑和主楼板搁栅垂直的顶梁。

角尺（try square）：一种用于标记和测量木材的工具。这种工具的主要用途是精确测量直角，因而称为"角尺"。用角尺测量一个平面，即检测它的平直度或它与邻接平面的一致度。

防风膜（windproof sheathing）：用于防风、防灰尘、防恶劣天气的覆膜。

插入木榫（wood plugging）：一种在简单细木工中遮蔽螺丝头的技艺。具体做法是，将使用同一种木材制作的木榫，插入埋头螺孔中并黏合到位。

作者简介

奥勒·托斯滕森（Ole Thorstensen）出生于挪威的阿伦达尔（Arendal），这是他首次执笔自述的一个关于工作和职业身份的故事，也是在向体力劳动者们致敬。托斯滕森从小生活在特罗莫伊（Tromoy），一个有着5000名居民的岛屿。他是一位受过专业训练的木匠，并已投身于建筑行业21年。目前他居住在奥斯陆北边的埃兹沃尔（Eidsvoll）。

我在挪威做木匠
[挪威] 奥勒·托斯滕森 著
王敏 译

图书在版编目（CIP）数据

我在挪威做木匠 /（挪）奥勒·托斯滕森著；王敏译. — 北京：北京联合出版公司, 2019.6
ISBN 978-7-5596-3054-4

Ⅰ.①我… Ⅱ.①奥… ②王… Ⅲ.①散文集－挪威－现代 Ⅳ.①I533.65

中国版本图书馆 CIP 数据核字 (2019) 第 057541 号

EN SNEKKERS DAGBOK
(DIARY OF A CARPENTER)

text by Ole Thorstensen
Illustration by Ole Thorstensen

Copyright © 2015 by Ole Thorstensen
Published in agreement with Copenhagen Literary Agency, through The Grayhawk Agency.
Simplified Chinese edition copyright © 2019 by United Sky (Beijing) New Media Co., Ltd.
All rights reserved.

选题策划	联合天际·艺术生活工作室
责任编辑	李 征
特约编辑	桂 桂
装帧设计	@broussaille 私制
美术编辑	程 阁

UnRead
生活家

出　版	北京联合出版公司 北京市西城区德外大街 83 号楼 9 层 100088
发　行	北京联合天畅文化传播公司
印　刷	嘉业印刷(天津)有限公司
经　销	新华书店
字　数	161 千字
开　本	880 毫米 ×1230 毫米 1/32 7.5 印张
版　次	2019 年 6 月第 1 版　2019 年 6 月第 1 次印刷
ISBN	978-7-5596-3054-4
定　价	49.80 元

关注未读好书

未读 CLUB
会员服务平台

本书若有质量问题，请与本公司图书销售中心联系调换
电话：(010) 5243 5752　(010) 6424 3832

未经许可，不得以任何方式
复制或抄袭本书部分或全部内容
版权所有，侵权必究